TRANZLATY

La Langue est pour tout le Monde

Езикът е за всички

La Métamorphose

Метаморфозата

Franz Kafka

Français
Български

www.tranzlaty.com

Première partie
Част първа

Gregor Samsa se réveilla un matin après des rêves agités.
Грегор Замза се събуди една сутрин от тревожни сънища.
Il se retrouva dans son lit, incapable de bouger.
Той се озова в леглото си, но не можеше да помръдне.
Il avait été transformé en un monstre vermineux.
Той се беше превърнал в чудовищна гадина.
Il était allongé sur le dos, une carapace dure comme une armure.
Той лежеше по гръб, който беше твърд като броня.
En relevant légèrement la tête, il pouvait voir son ventre.
Като повдигна леко глава, той можеше да види корема си.
Mais son ventre était bombé et divisé en segments.
Но коремът му беше куполен и разделен на сегменти.
La couverture reposait sur son ventre arrondi.
Одеялото лежеше върху закръгления му корем.
Mais la couverture était sur le point de glisser complètement.
Но одеялото беше почти на път да се свлече напълно.
Ses jambes étaient pitoyables comparées à leur taille habituelle.
Краката му бяха жалки в сравнение с обичайния им размер.
Et ses nombreuses pattes s'agitaient impuissantes devant ses yeux.
И многобройните му крака безпомощно трептяха пред очите му.
« Que m'est-il arrivé ? » se demanda-t-il.
„Какво ми се е случило?“, помисли си той.
Mais ce n'était pas un rêve dont il ne pouvait se réveiller.
Но това не беше сън, от който да не можеше да се събуди.
Il se trouvait bel et bien dans sa propre chambre.
Наистина се озоваваше в собствената си стая.
Une vraie chambre pour des humains, mais un peu trop petite.

Истинска стая за хора, но просто малко твърде малка.
Il gisait tranquillement entre les quatre murs bien connus.
Той лежеше тихо между четирите добре познати стени.
**Sur la table se trouvait une collection d'échantillons de
textiles.**
На масата имаше колекция от текстилни мостри.
Samsa était un vendeur ambulant, d'où les échantillons.
Самса е бил пътуващ търговец, откъдето идват и мострите.
**Au-dessus des échantillons de textile désassemblés se
trouvait une image.**
Над разглобените текстилни мостри имаше картина.
Il avait récemment découpé la photo dans un magazine.
Наскоро беше изрязал снимката от списание.
Il avait placé le tableau dans un joli cadre doré.
Той беше поставил картината в красива, позлатена рамка.
Le tableau encadré représentait une dame assise bien droite.
Рамкираната картина изобразяваше дама, седнала
изправена.
**Elle portait un chapeau de fourrure et un manchon de
fourrure.**
Тя носеше кожена шапка и имаше кожена маншон.
Elle levait la main en direction du spectateur.
Тя вдигаше ръка към зрителя на картината.
**Son avant-bras entier disparaissait dans son épais manchon
de fourrure.**
Цялата ѝ предмишница изчезна в тежката ѝ кожена
мантия.
Gregor regarda par la fenêtre le temps maussade.
Грегор погледна през прозореца към мрачното време.
**On pouvait entendre les grosses gouttes de pluie frapper la
fenêtre.**
Чуваше се как едри дъждовни капки се удряха в
прозореца.
Le temps gris le rendait très mélancolique.
Сивото време го караше да се чувства много
меланхоличен.
« Et si je dormais un peu plus longtemps ? » pensa-t-il.

„Какво ще кажеш да поспя още малко?", помисли си той.

« Dormir davantage m'aiderait peut-être à oublier ces bêtises. »

„Повече сън може да ми помогне да забравя тези глупости."

Mais dormir plus longtemps était totalement impossible.

Но да спя повече беше напълно невъзможно.

Parce qu'il avait l'habitude de dormir sur le côté droit.

Защото беше свикнал да спи на дясната си страна.

Mais son état actuel l'empêchait d'effectuer ses mouvements habituels.

Но сегашното му състояние му пречеше да прави обичайните си движения.

Il n'avait aucun moyen de se retrouver dans cette situation.

Той нямаше как да се добере до тази позиция.

Il fit de son mieux pour se jeter sur son côté droit.

Той се опита с всички сили да се хвърли на дясната си страна.

Il a probablement tenté ce mouvement une centaine de fois.

Вероятно е опитвал това движение сто пъти.

Mais il revenait toujours en position couchée sur le dos.

Но той винаги се люлееше обратно в легнало положение.

Il ferma les yeux pour ne pas voir ses jambes qui s'agitaient.

Той затвори очи, за да не вижда трепетещите си крака.

Finalement, la douleur l'a empêché de réessayer.

Накрая болката го спря да опита отново.

Une douleur sourde au flanc qu'il n'avait jamais ressentie auparavant.

Тъпа болка в хълбока му, каквато никога преди не беше усещал.

« Oh mon Dieu », pensa désespérément Gregor Samsa.

„О, Боже", отчаяно си помисли Грегор Замза.

« Quel métier pénible j'ai choisi ! »

„Каква тежка професия съм си избрал!"

« Je dois voyager tous les jours pour le travail. »

„Ден след ден трябва да пътувам по работа."

« Le travail de bureau est beaucoup plus facile que le travail sur la route. »

„Работата в офиса е много по-лесна от работата на път.“

« Et j'ai la malédiction de devoir voyager constamment. »

„И аз имам проклятието да трябва да пътувам наоколо.“

« Toutes ces inquiétudes liées au fait d'être à l'heure pour les trains. »

„Всички тези притеснения за това да си навреме за влаковете.“

« Mes horaires de repas sont irréguliers et la nourriture est mauvaise. »

„Храненето ми е нередовно и храната е лоша.“

« Mes amis changent constamment de ville. »

„Приятелите ми винаги се сменят от град на град.“

« Mes interactions sont froides et professionnelles. »

„Взаимодействията, които имам, са студени и професионални.“

«Que le diable s'amuse avec ce genre de travail !»

„Нека Дяволът се забавлява с тази работа!“

Il ressentit une légère démangeaison en haut de l'estomac.

Той усети леко сърбеж в горната част на стомаха си.

Il s'appuya contre le montant du lit, le dos contre le sol.

Той се притисна с гръб към стълба на леглото.

Il voulait pouvoir mieux lever la tête.

Искаше да може да повдига по-добре главата си.

Il a trouvé l'endroit qui le démangeait.

Той намери сърбящото място, което го тормозеше.

Sa tête semblait recouverte de petits points blancs.

Главата му сякаш беше покрита с малки бели точки.

Il ne pouvait pas dire ce que représentaient ces petits points blancs.

Какво представляваха тези малки бели точки, той не можеше да разбере.

Il avait prévu de toucher l'endroit avec une de ses jambes.

Беше планирал да докосне мястото с единия си крак.

Mais lorsqu'il toucha l'endroit, il ressentit un étrange frisson.

Но когато докосна мястото, усети странен хлад.
Il a donc immédiatement retiré sa jambe.
Затова той веднага отдръпна крака си от мястото.
Il n'avait d'autre choix que d'accepter cette sensation de démangeaison.
Нямаше друг избор, освен да приеме сърбежното чувство.
Et il reprit sa position initiale dans le lit.
И той се върна в предишната си позиция в леглото.
«Se réveiller si tôt rend vraiment stupide.»
„Събуждането толкова рано наистина прави човек доста глупав."
« Un homme doit dormir suffisamment », pensa-t-il.
„Човек трябва да спи достатъчно", помисли си той.
« Les autres représentants de commerce mènent une vie de luxe. »
„Другите пътуващи търговци живеят луксозен живот."
« Le matin, je transfère les ordres que j'ai reçus. »
„На сутринта прехвърлям получените поръчки."
« Pendant ce temps, ces messieurs prennent encore leur petit-déjeuner. »
„Междувременно онези господа все още закусват."
« Imaginez un peu si j'essayais de faire ça avec mon patron. »
„Само си представете, ако се опитам да направя това с шефа си."
«Il me licenciait avant même que j'aie fini mon petit-déjeuner.»
„Щеше да ме уволни, преди да съм си довършил закуската."
« Mais ce ne serait peut-être pas le pire non plus. »
„Но може би и това не би било най-лошото нещо."
«Le problème, c'est que mes parents me freinent.»
„Проблемът е, че родителите ми ме спъват."
« Sans eux, j'aurais déjà démissionné. »
„Ако не бяха те, вече щях да съм подал оставка."
« J'aurais tenu tête au patron et je lui aurais dit. »
„Щях да се изправя срещу шефа и да му кажа."

« Je dirais exactement ce que je pense de lui et de son travail. »

„Бих казал точно какво мисля за него и работата."

« Il tomberait de son bureau si je lui racontais tout ! »

„Ще падне от бюрото си, ако му кажа всичко!"

« Sa façon de s'asseoir à son bureau est très étrange. »

„Много е странно как седи на бюрото си."

« Sa façon de parler à ses subordonnés n'est pas correcte. »

„Начинът, по който говори с подчинените си, не е правилен."

« Et le pire, c'est que son ouïe est très mauvaise. »

„И най-лошото е, че слухът му е толкова слаб."

«Vous n'avez donc pas d'autre choix que de vous asseoir très près de lui.»

„Значи нямаш друг избор, освен да седиш много близо до него."

« Cela dit, l'espoir n'est pas encore totalement perdu. »

„Но въпреки всичко казано, надеждата все още не е напълно изгубена."

« Je vais économiser cet argent pour rembourser les dettes de mes parents. »

„Ще спестя парите, за да изплатя дълга на родителите си."

« Je ne peux rien faire tant qu'ils lui doivent de l'argent. »

„Не мога да направя нищо, докато те все още му дължат пари."

« Mais une fois la dette remboursée, je le ferai sans aucun doute. »

„Но когато дългът бъде изплатен, определено ще го направя."

« Cela prendra probablement encore cinq à six ans. »

„Вероятно ще отнеме още пет до шест години."

« Oui, alors la grande séparation aura certainement lieu. »

„Да, тогава голямата раздяла определено ще бъде направена."

« Pour le moment, je dois me lever. »

„Засега обаче трябва да стана от леглото."

« Parce que mon train part à cinq heures. »

„Защото влакът ми тръгва в пет часа.“

Gregor regarda le réveil qui tic-tac sur la table.

Грегор погледна тиктакащия будилник на масата.

« Père céleste ! » pensa-t-il en regardant l'heure.

„Небесни Отче!“, помисли си той, като видя колко е часът.

Six heures et demie étaient déjà passées sans qu'on s'en aperçoive.

Шест и половина вече тихо си беше отминало.

Et les aiguilles de l'horloge continuaient d'avancer d'elles-mêmes.

И стрелките на часовника продължаваха да се движат напред.

Et il était presque sept heures quarante-cinq.

А сега времето наближаваше седем без петнайсет.

« Peut-être que le réveil n'a pas sonné ? » pensa-t-il.

„Може би алармата не е звъннала, за да ме събуди?“, помисли си той.

Depuis son lit, Gregor inspecta le réveil.

От леглото си Грегор огледа будилника.

Le réveil était correctement réglé sur quatre heures.

Будилникът беше правилно настроен за четири часа.

Il ne pouvait pas l'expliquer, mais l'alarme avait dû sonner.

Не можеше да го обясни, но алармата сигурно е звъннала.

« Comment ai-je pu dormir sans m'en rendre compte après avoir entendu le réveil ? »

„Как успях да спя по време на алармата, без да знам?“

Quand elle sonne, l'alarme fait même trembler les meubles.

Когато звъни, алармата дори разтърсва мебелите.

Il savait que son sommeil n'avait pas été du tout paisible.

Той знаеше, че сънят му никак не е бил спокоен.

Mais c'est peut-être pour cela que son sommeil était beaucoup plus profond.

Но може би затова сънят му беше много по-дълбок.

Il devait réfléchir à ce qu'il devait faire maintenant.

Трябваше да помисли какво да прави сега.

Le train suivant ne partait qu'à sept heures.

Следващият влак тръгваше чак в седем часа.

Prendre ce train serait quasiment impossible.

Хващането на този влак би било почти невъзможно.

Et il n'avait pas encore emporté les textiles dont il avait besoin.

И все още не беше опаковал текстила, от който се нуждаеше.

Il ne se sentait pas particulièrement frais et agile non plus.

Той също не се чувстваше особено свеж и пъргав.

Il y avait peut-être une chance de monter dans le train.

Може би имаше шанс да се кача на влака.

Mais une réprimande du patron était inévitable de toute façon.

Но смъмрянето от шефа беше неизбежно така или иначе.

Le commis aurait pris le train de cinq heures.

Служителят щеше да се е качил на влака в пет часа.

Le commis de bureau était une créature sans envergure, à la solde du patron.

Служителят в офиса беше безгръбначно създание на шефа.

L'absence de Gregor aurait donc déjà été signalée.

Така че отсъствието на Грегор вече щеше да е било съобщено.

« Et si je me faisais porter malade ? » se demandait Gregor.

„Ами ако се обадя, че съм болен?", обмисляше се Грегор.

Mais ce serait extrêmement embarrassant et suspect.

Но това би било изключително неудобно и подозрително.

Gregor n'avait jamais été malade pendant la période où il avait travaillé là-bas.

Грегор никога не беше боледувал, докато работеше там.

Et il leur avait déjà consacré cinq années de service.

И вече им беше дал пет години служба.

Il y avait de fortes chances que le patron vienne prendre de ses nouvelles.

Имаше голяма вероятност шефът да дойде да го провери.

Il amènerait probablement le médecin de l'assurance maladie.

Вероятно щеше да доведе лекаря от здравната каса.

Et il blâmait les parents pour la paresse de leur fils.

И щеше да обвини родителите за мързеливия им син.

Ils ne pourraient formuler aucune objection à son égard.

Те нямаше да могат да му възразят.

Car pour lui, il n'y avait que deux sortes de travailleurs.

Защото за него имаше само два вида работници.

Soit les ouvriers étaient en parfaite santé, soit ils rechignaient à travailler.

Или работниците са били напълно здрави, или са се срамували от работа.

Et aurait-il même tort dans cette analyse de base ?

И би ли сгрешил дори в този основен анализ?

Assurément, dans ce cas précis, son argument était solide.

Със сигурност в този случай той имаше силен аргумент.

Malgré son apparence, Gregor se sentait en réalité plutôt bien.

Въпреки външния си вид, Грегор всъщност се чувстваше доста добре.

Ce long sommeil inutile l'avait rendu un peu somnolent.

Ненужният дълъг сън го направи малко сънлив.

Mais à part ça, il ne pouvait pas se plaindre de maladie.

Но освен това не можеше да се оплаче от болест.

Il ressentait même une faim particulièrement forte et saine.

Той дори почувства особено силен и здравословен глад.

Tandis qu'il nourrissait ces pensées, l'horloge sonna de nouveau.

Докато той обмисляше тези мисли, часовникът удари отново.

Selon l'alarme, il était alors sept heures moins le quart.

Според алармата беше седем без петнайсет.

Et maintenant, on frappa doucement à la porte.

И сега се чу и леко почукване на вратата.

« Gregor », l'appela quelqu'un – c'était sa mère.

„Грегор", някой го извика – беше майката.

« Il est sept heures moins le quart », a-t-elle confirmé en entendant l'alarme.

„Седем без петнайсет е", потвърди тя алармата.

« Tu ne voulais pas partir ? » demanda la douce voix.

„Не искаше ли да си тръгнеш?" попита нежният глас.

Gregor eut peur en entendant sa voix répondre.

Грегор се уплаши, когато чу гласа си да отговаря.

Sa voix était toujours la même.

Гласът си беше все още същият, който винаги е имал.

Mais une nouvelle sonorité s'était désormais mêlée à sa voix.

Но сега в гласа му се долавяше нов звук.

Un couinement douloureux s'échappa également du plus profond de lui.

Дълбоко от него се чу и болезнено скърцане.

Au début, sa voix semblait former des mots avec clarté.

В началото гласът му сякаш изговаряше думите ясно.

Mais alors, Gregor entendit l'écho mental de sa voix.

Но тогава Грегор чу мисленото ехо на гласа си.

L'enregistrement de sa voix s'est interrompu de façon étrange.

Записът на гласа му се счупи по странен начин.

Et il n'était pas sûr d'avoir bien entendu.

И не беше сигурен дали е чул правилно нещата.

Gregor éprouvait un profond désir de donner une réponse détaillée.

Грегор изпита силно желание да даде подробен отговор.

Il voulait tout expliquer clairement à sa mère.

Той искаше ясно да обясни всичко на майка си.

Mais, compte tenu des circonstances, il devait se limiter.

Но предвид обстоятелствата, той трябваше да се ограничи.

Et sa réponse fut beaucoup plus brève qu'il ne l'aurait souhaité.

И той отговори много по-кратко, отколкото би му се искало.

"Oui maman, ne t'inquiète pas, merci, je suis déjà levée."

„Да, мамо, не се тревожи, благодаря, вече съм станал."

La porte en bois a probablement contribué à étouffer sa voix.

Дървената врата вероятно е помагала да заглуши гласа му.

À l'extérieur, le changement dans la voix de Gregor est resté inaperçu.

Навън промяната в гласа на Грегор остана незабелязана.
La mère semblait satisfaite de son explication.
Майката изглеждаше доволна от обяснението му.
Et elle repartit aussi discrètement qu'elle était venue.
И тя си тръгна отново също толкова тихо, както беше
дошла.
Mais cette petite conversation a eu un effet indésirable.
Но краткият разговор имаше нежелан ефект.
Il a attiré l'attention des autres membres de la famille.
Той привлече вниманието на останалите членове на
семейството.
Gregor était toujours chez lui et n'était pas allé travailler.
Грегор все още си беше вкъщи и не беше ходил на работа.
Et maintenant, le père frappa lui aussi à la porte de côté.
И сега бащата почука и на страничната врата.
Il frappa faiblement, mais avec détermination, du poing.
Той почука слабо, но решително с юмрук.
« Gregor, Gregor », appela-t-il, « quel est le problème ? »
„Грегор, Грегор" — извика той — „какъв е проблемът?"
**Au bout d'un moment, il avertit de nouveau d'une voix plus
grave.**
След малко той отново предупреди с по-дълбок глас.
Mais la sœur frappa alors à la porte de l'autre côté.
Но на другата странична врата сестрата почука.
**« Gregor ? Tu ne te sens pas bien ? » demanda-t-elle
doucement.**
„Грегор? Не си ли добре?", попита тя тихо.
**« Avez-vous besoin de quelque chose ? » demanda-t-elle,
inquiète.**
— Има ли нещо, от което имаш нужда? — попита тя
загрижено.
Gregor a répondu aux deux parties : « J'ai déjà terminé. »
Грегор отговори и на двете страни: „Вече съм приключил."
**Il avait fait de son mieux pour prononcer tous les mots avec
soin.**
Той се беше постарал максимално внимателно да
произнася всички думи.

Et il a gommé tout ce qui était ostentatoire dans sa voix.

И той премахна всичко видно от гласа си.

Le père semblait également satisfait de la réponse.

Бащата също изглеждаше доволен от отговора.

Et il retourna à son petit-déjeuner inachevé.

И той се върна към недовършената си закуска.

Mais la sœur murmura : « Gregor, ouvre la bouche, je t'en supplie. »

Но сестрата прошепна: „Грегор, отвори, моля те.“

Mais son inquiétude à son égard ne parvenait en rien à l'émouvoir.

Но загрижеността ѝ за него не можеше да го трогне по никакъв начин.

Gregor n'avait aucune intention de lui ouvrir la porte.

Грегор нямаше намерение да ѝ отваря вратата.

Ses voyages lui avaient permis d'acquérir certaines habitudes de prudence.

Беше придобил някои предпазливи навици от пътуването.

Et il se félicita d'avoir verrouillé les portes.

И той се похвали, че е заключил вратите.

Il voulait d'abord se lever tranquillement, à son propre rythme.

Първо искаше тихо да стане, когато му дойде времето.

Et, sans être dérangé, il voulut s'habiller.

И, без да бъде обезпокояван, той искаше да се облече.

Cela étant fait, il voulut ensuite prendre son petit-déjeuner.

След като постигна това, той искаше да закуси.

Ce n'est qu'alors qu'il a souhaité examiner la situation plus en détail.

Едва тогава той искаше да обмисли ситуацията по-подробно.

Il savait qu'il était inutile de faire des projets au lit.

Той знаеше, че няма смисъл да прави планове в леглото.

Il serait impossible de parvenir à une conclusion sensée.

Стигането до разумен извод би било невъзможно.

Il lui était déjà arrivé de se réveiller avec de légères douleurs.

Имаше и други случаи, в които се събуждаше с леки болки.

Ces douleurs se sont toujours révélées être de pures inventions de l'imagination.

Тези болки винаги се оказваха чиста плод на въображението.

En me levant du lit, la douleur disparaissait invariablement.

При ставане от леглото болката неизменно отшумяваше.

Il était curieux de voir ce qu'il adviendrait de ces idées.

Той беше любопитен да види какво ще се случи с тези идеи.

Le changement de sa voix était probablement dû à un rhume.

Промяната в гласа му вероятно беше просто от настинка.

Le rhume est un risque professionnel courant pour les voyageurs.

Настинките са просто професионален риск за пътуващите.

Il ne doutait pas que c'était l'explication logique.

Той не се съмняваше, че това е логичното обяснение.

Il s'est facilement dégagé de la couverture.

Да свали одеялото от себе си беше лесно постижимо.

Il lui suffisait d'inspirer et de se gonfler.

Всичко, което трябваше да направи, беше да си поеме дъх и да се надуе.

La couverture glissa de son corps et tomba sur le sol.

Одеялото се плъзна от тялото му и се стовари на пода.

Son corps incroyablement large rendait d'autres choses difficiles.

Невероятно широкото му тяло затрудняваше други неща.

Il aurait eu besoin de bras et de mains pour se tenir debout.

Щеше да му трябват ръце и китки, за да се изправи.

Mais il n'avait plus les membres qu'il avait autrefois.

Но той нямаше крайниците, които имаше преди.

Au lieu de bras et de mains, il avait plein de petites jambes.

Вместо ръце и китки, той имаше много малки крачета.

Et ses jambes bougeaient sans cesse, sans qu'il puisse les contrôler.

И краката му постоянно се движеха, без негов контрол.

Il a essayé de plier une jambe, mais au lieu de cela, elle s'est étirée.

Той се опита да сгъне единия си крак, но вместо това той се опъна.

Il parvint finalement à contrôler une jambe.

Най-накрая успя да овладее единия си крак.

Mais ensuite, le mouvement des autres pattes a été libéré.

Но след това движението на другите крака се освободи.

Et toutes ses jambes frémissaient d'excitation extrême.

И всичките му крака потрепнаха от изключителна възбуда.

Il a d'abord voulu sortir le bas de son corps du lit.

Първо искаше да извади долната част на тялото си от леглото.

Mais il n'avait pas encore vu le bas de son corps.

Но всъщност още не беше видял долната част на тялото си.

Et de toute façon, déplacer cette pièce s'est avéré trop difficile.

И така или иначе се оказа твърде трудно да се премести тази част.

Finalement, de toutes ses forces, il fit un geste audacieux.

Накрая, с всички сили, той направи едно диво движение.

Sans plus hésiter, il s'avança.

Без повече колебание той тръгна напред.

Mais il avait choisi la mauvaise direction.

Но той беше избрал грешната посока, в която да се движи.

Il s'est violemment cogné le corps contre le montant inférieur du lit.

Той силно удари тялото си в долната част на леглото.

La douleur brûlante qu'il ressentait lui a appris une précieuse leçon.

Парещата болка, която изпитваше, му даде ценен урок.

La partie inférieure de son corps était peut-être plus sensible.

Долната част на тялото му може би беше по-чувствителна.

Il a donc commencé par sortir le haut de son corps du lit.

Затова се опита първо да стане от леглото с горната част на тялото си.

Il tourna prudemment la tête dans la bonne direction.

Той внимателно обърна глава в правилната посока.

Et bientôt, sa tête se retrouva face au bord du lit.

И скоро главата му се озова към ръба на леглото.

Ce mouvement prudent lui était en réalité facile.

Това предпазливо движение всъщност му беше лесно.

Et sa largeur et son poids ne l'empêchaient pas de se déplacer.

И ширината и теглото му не спираха движението му.

La masse de son corps suivit lentement le mouvement de sa tête.

Масата на тялото му бавно следваше завъртането на главата.

Mais ensuite, il a passé la tête au-dessus du bord du lit.

Но след това той надвеси глава над ръба на леглото.

Et il dut faire face à une nouvelle peur à laquelle il n'avait pas encore pensé.

И се изправи пред нов страх, за който още не беше мислил.

Poursuivre dans cette voie pourrait s'avérer dangereux.

По-нататъшното напредване по този начин би могло да бъде опасно.

Il pensait qu'il allait simplement se laisser tomber.

Беше си помислил, че просто ще се остави да падне.

Mais ce serait un miracle s'il ne s'était pas blessé à la tête.

Но щеше да е чудо, ако не си беше наранил главата.

Ce n'était pas le moment de risquer de perdre connaissance.

Сега не беше моментът да рискува да загуби съзнание.

Finalement, il vaudrait peut-être mieux rester au lit.

Може би все пак ще е по-добре да си остане в леглото.

Mais il devait ensuite faire le même effort pour revenir.

Но след това трябваше да положи същите усилия, за да се върне.

Après tous ces efforts, il était allongé là, exactement comme avant.

След всички тези усилия той лежеше там, както преди.

Et maintenant, ses jambes semblaient encore plus en colère qu'elles ne l'avaient été.

И сега краката му сякаш боляха още повече, отколкото преди.

Les mouvements de sa jambe étaient devenus encore plus incontrôlables.

Движенията на крака му станаха още по-неконтролируеми.

Il ne voyait aucun moyen de sortir de la situation dans laquelle il se trouvait.

Той не виждаше начин да се измъкне от ситуацията, в която се намираше.

Il était impossible de faire émerger la paix et l'ordre de ce chaos.

Мирът и редът не можеха да бъдат извлечени от този хаос.

Mais il savait que rester au lit n'était pas une option non plus.

Но знаеше, че и оставането в леглото не е вариант.

Tout sacrifier était l'option la plus sensée.

Да пожертвам всичко беше най-разумният вариант.

Il s'accrochait au moindre espoir de pouvoir se lever.

Той се държеше за най-малката надежда да стане от леглото.

S'il y parvenait, tous les risques en auraient valu la peine.

Ако беше успял да го направи, всеки риск щеше да си заслужава.

Mais il se souvenait aussi d'autre chose en même temps.

Но в същото време си спомни и нещо друго.

« Mieux vaut réfléchir sereinement que de prendre des décisions désespérées. »

"По-добри от отчаяни решения са спокойните размисли."

Il concentra tous ses efforts sur la fenêtre.

С всичките си усилия той съсредоточи поглед към прозореца.

Mais ce qu'il vit ne lui insuffla guère de confiance ni de joie.
Но това, което видя, му донесе малко увереност и радост.
La brume matinale enveloppait toute la rue étroite.
Сутрешната мъгла покриваше цялата тясна улица.
Le réveil sonna à nouveau ; il était maintenant sept heures.
Будилникът отново иззвъня; сега беше седем часът.
« Il est déjà sept heures et il y a encore un épais brouillard. »
„Вече е седем часът, а все още има такава мъгла.“
Il resta un moment allongé, immobile, respirant faiblement.
Известно време той лежеше тихо, дишайки само слабо.
Un peu de calme permettrait peut-être de retrouver une
certaine normalité.
Може би малко тишина би донесла някаква нормалност.
Un silence complet pourrait engendrer les conditions réelles.
Пълната тишина би могла да доведе до реалните условия.
Mais avant que l'horloge ne sonne à nouveau, il rompit le
silence.
Но преди часовникът да удари отново, той наруши
мълчанието.
«Avant que l'horloge ne sonne à nouveau, je dois être levé.»
„Преди часовникът да удари отново, трябва да стана от
леглото.“
« Je dois absolument être complètement levé à ce moment-là.
»
„Абсолютно трябва да съм станал напълно от леглото
дотогава.“
« Après 19h15, le bureau enverra quelqu'un. »
„След седем и петнайсет от офиса ще изпратят някого.“
"Parce que le bureau ouvrait avant sept heures."
„Защото офисът отвори преди седем часа.“
Et il commença alors à se balancer hors du lit.
И сега той започна да се люлее от леглото.
Il avait cessé de se concentrer sur le haut ou le bas de son
corps.
Той беше престанал да се фокусира върху горната или
долната част на тялото си.
Il fallut sortir tout son corps du lit.

Цялата му дължина на тялото трябваше да напусне леглото.

Tomber de cette façon devrait protéger sa tête, pensa-t-il.

Падането по този начин би трябвало да предпази главата му, помисли си той.

Il avait prévu de relever la tête lorsqu'il toucherait le sol.

Беше планирал да вдигне глава, когато падне на земята.

Son dos semblait suffisamment robuste pour encaisser le choc.

Задната част на тялото му изглеждаше достатъчно твърда за удара.

Et le tapis était là pour amortir l'atterrissage.

А килимът беше там, за да омекоти кацането.

Ce qui le préoccupait le plus, cependant, c'était le bruit assourdissant.

Най-голямото му притеснение обаче беше силният шум.

Le bruit fracassant effrayerait tous les occupants de la maison.

Трясъкът би уплашил всички в къщата.

Peut-être que le bruit fort ne les terrifierait pas.

Може би нямаше да се ужасят от силния шум.

Mais ils seraient certainement inquiets s'ils l'apprenaient.

Но със сигурност щяха да се притеснят, ако чуят.

Mais il fallait prendre le risque d'attirer l'attention.

Но рискът да се привлече внимание трябваше да се поеме.

La nouvelle méthode s'apparentait davantage à un jeu qu'à un effort.

Новият метод беше по-скоро игра, отколкото усилие.

Il devait balancer son corps par mouvements brusques et saccadés.

Трябваше да люлее тялото си с резки и откачени движения.

Gregor était déjà à moitié sorti du lit.

Грегор вече беше наполовина станал от леглото.

Une nouvelle idée venait de lui traverser l'esprit.

Сега му хрумна нова мисъл.

« Tout serait si facile si quelqu'un venait à mon secours. »

„Всичко щеше да е толкова лесно, ако някой ми се притече на помощ.“

« Deux personnes fortes suffiraient amplement. »

„Двама силни хора биха били напълно достатъчни.“

Son père et la servante seraient assez forts.

Баща му и прислужницата щяха да бъдат достатъчно силни.

Il leur suffirait de glisser leurs bras sous son dos.

Просто щеше да им се наложи да пъхнат ръце под гърба му.

Et ensuite, ils pourraient facilement le sortir du lit.

И тогава лесно биха могли да го измъкнат от леглото.

Peut-être auraient-ils dû réduire son poids progressivement.

Може би щеше да се наложи бавно да намалят теглото му.

Alors, espérons-le, les jambes auraient trouvé leur utilité.

Да се надяваме, че тогава краката щяха да са намерили предназначението си.

« Ne serait-il pas préférable, après tout, de demander de l'aide ? »

„Не би ли било по-добре все пак да извикам за помощ?“

Le problème, bien sûr, c'est qu'il avait verrouillé les portes.

Проблемът, разбира се, беше, че той беше заключил вратите.

Il y avait quelque chose dans cette idée qui le chatouillait.

Имаше нещо в тази мисъл, което го гъделичкаше.

Et malgré ses difficultés, il ne put réprimer un sourire.

И въпреки трудностите си, той не можа да сдържи усмивката си.

Il était déjà sur le point de perdre l'équilibre.

Вече беше близо до това да загуби равновесие.

Chaque balancement le rapprochait un peu plus du moment où il basculerait du lit.

Всяко замахване го доближаваше до това да падне от леглото.

Il allait bientôt devoir prendre la décision finale.

Скоро щеше да се наложи да вземе окончателното решение.

Dans cinq minutes, il serait sept heures et quart.

След пет минути щеше да стане седем и петнайсет.

Tandis qu'il était plongé dans ces pensées, la sonnette retentit.

Докато обмисляше тези мисли, звънецът на вратата иззвъня.

« C'est quelqu'un du bureau », se dit-il.

„Това е някой от офиса", каза си той.

Et il fut presque paralysé de peur à cause du visiteur.

И той почти замръзна от страх заради посетителя.

Ses jambes s'agitaient encore plus sauvagement qu'auparavant.

Краката му танцуваха още по-диво от преди.

Mais ensuite, pendant un instant, tout resta silencieux.

Но след това, за миг, всичко остана тихо.

« Ils n'ouvriront pas la porte », se dit Gregor.

„Няма да отворят вратата", каза си Грегор.

Il était encore prisonnier d'un espoir insensé.

Той все още беше обзет от някаква безсмислена надежда.

Mais ensuite, bien sûr, la bonne s'est dirigée vers la porte.

Но тогава, разбира се, прислужницата тръгна към вратата.

Et, comme toujours, elle ouvrit la porte au visiteur.

И, както винаги, тя отвори вратата на посетителя.

Gregor n'avait besoin d'entendre que les premiers mots de bienvenue du visiteur.

Грегор трябваше само да чуе първия поздрав на посетителя.

Il a tout de suite compris qui était venu le chercher.

Той веднага можеше да разбере кой е дошъл за него.

Le chef de bureau en personne était venu prendre des nouvelles de Samsa.

Самият главен чиновник беше дошъл да провери Самса.

Pourquoi Gregor était-il le seul à être condamné à un tel sort ?

Защо само Грегор беше осъден на тази съдба?

Pourquoi lui seul a-t-il dû servir dans une telle organisation ?

Защо само той трябваше да служи в такава организация?
Le moindre oubli éveillait immédiatement les soupçons.
Най-малкият пропуск веднага будеше подозрение.
Tous les employés qui travaillaient là-bas étaient-ils des scélérats ?
Всички служители, които работеха там, мошеници ли бяха?
N'y avait-il donc parmi eux aucune personne fidèle et dévouée ?
Нямаше ли сред тях верен и предан човек?
N'auraient-ils pas pu simplement envoyer un apprenti ?
Не можеха ли просто да изпратят чирак?
Toutes ces interrogations étaient-elles vraiment nécessaires ?
Наистина ли всички тези въпроси бяха необходими?
Le représentant autorisé devait-il se déplacer en personne ?
Трябваше ли упълномощеният представител да дойде лично?
Fallait-il vraiment informer toute la famille innocente ?
Трябваше ли цялото невинно семейство да бъде информирано?
Toutes ces considérations ont poussé Gregor à agir.
Всички тези съображения подтикнаха Грегор към действие.
Il se hissa hors du lit de toutes ses forces.
Той се измъкна от леглото с всички сили.
Il y a eu une forte détonation, mais ce n'était pas vraiment un bruit.
Чу се силен трясък, но всъщност не беше шум.
La chute avait été légèrement amortie par le tapis.
Падането беше леко омекотено от килима.
Son dos était plus élastique que Gregor ne l'avait imaginé.
Гърбът му беше по-еластичен, отколкото Грегор си беше мислил.
Le son était donc plus sourd et moins perceptible.
Така звукът беше по-тъп и не толкова забележим.
Mais il n'avait pas fait attention à sa tête pendant sa chute.
Но не си беше пазил главата по време на есента.

Et lorsqu'il a touché le sol, il s'est aussi cogné la tête.

И когато удари земята, той удари и главата си.

Il se frotta la tête sur le tapis, en colère et souffrant.

Той търкаше глава в килима от гняв и болка.

Mais le gérant, qui se trouvait dans la pièce d'à côté, a entendu le bruit.

Но управителят в съседната стая чу шума.

« Quelque chose est tombé là-dedans », a-t-il observé avec justesse.

„Нещо падна там", правилно отбеляза той.

Gregor essaya d'imaginer le manager dans sa situation.

Грегор се опита да си представи управителя на неговото място.

« La même chose pourrait-elle lui arriver ? » se demanda-t-il.

„Може ли същото да се случи и с него?", зачуди се той.

Il a admis que cet étrange événement pouvait être possible.

Той прие, че това странно събитие е възможно.

Puis le chef de bureau fit quelques pas vers la pièce.

И тогава главният чиновник направи няколко крачки към стаята.

C'était presque une réponse grossière à la question qu'il avait posée.

Това беше почти груб отговор на въпроса, който той зададе.

Ses bottes en cuir grinçaient lorsqu'il s'approcha de la porte.

Кожените му ботуши изскърцаха, докато се приближаваше към вратата.

Depuis la pièce située à sa droite, sa servante lui chuchota quelque chose.

От стаята отдясно му прислужницата му прошепна нещо.

"Gregor, le représentant autorisé est ici."

„Грегор, упълномощеният представител е тук."

« Je sais », dit Gregor, mais seulement à voix basse pour lui-même.

— Знам — каза Грегор, но само тихо на себе си.

Il n'osait pas élever la voix au-dessus d'un murmure.

Той не смееше да повиши глас над шепот.

Parce que Gregor ne voulait pas que sa sœur l'entende.
Защото Грегор не искаше сестра му да го чуе.
« Gregor », dit le père depuis la pièce de gauche.
— Грегор — каза бащата от стаята вляво.
«Le responsable est venu vérifier quel est le problème.»
„Управителят дойде да провери какъв е проблемът.“
« Il vous a demandé pourquoi vous n'aviez pas pris le premier train. »
„Той попита защо не си тръгнал с ранния влак.“
« Nous ne savons pas quoi lui dire », a déclaré le père.
„Не знаем какво да му кажем“, каза бащата.
« D'ailleurs, il souhaite également vous parler personnellement. »
„Между другото, той също иска да говори с теб лично.“
« Veuillez ouvrir la porte, afin qu'il puisse vous parler. »
„Моля те, отвори вратата, за да може да говори с теб.“
« Il aura la gentillesse d'excuser le désordre dans la chambre. »
„Той ще бъде така любезен да извини за бъркотията в стаята.“
« Bonjour, Monsieur Samsa », lui lança le directeur.
— Добро утро, господин Самса — извика му управителят.
Et il lui a certainement parlé de manière amicale.
И със сигурност му говореше приятелски.
« Il ne se sent pas bien », dit la mère au gérant.
„Не е добре“, каза майката на управителя.
« Il ne va pas bien du tout, croyez-moi, cher manager. »
„Той изобщо не е добре, повярвайте ми, скъпи управителю.“
« Sinon, pourquoi Gregor aurait-il raté le train du matin ? »
„Защо иначе Грегор би изпуснал сутрешния влак?“
«Le garçon ne pense qu'à ses affaires.»
„Момчето няма нищо на ума си, освен работата.“
« Cela m'agace presque qu'il ne fasse rien d'autre. »
„Почти ме дразни, че не прави нищо друго.“
« J'aimerais qu'il sorte le soir pour prendre l'air. »
„Жалко, че не излизаше вечер на чист въздух.“

« Il était en ville pendant huit jours pour affaires. »
„Той беше в града осем дни по работа.“
« Mais il était chez lui tous les soirs. »
„Но тогава той си беше вкъщи всяка от тези вечери“
«Il s'assoit à notre table et lit le journal.»
„Той седи на нашата маса и чете вестника.“
« À d'autres moments, il étudie les horaires des trains. »
„В други случаи той изучава разписанията на влаковете.“
«Il lui arrive de s'occuper en faisant de la menuiserie.»
„Понякога се занимава с дърводелство.“
« Par exemple, il a sculpté un petit cadre photo en bois. »
„Например, той е издълбал малка дървена рамка за картина.“
« Pendant deux ou trois soirées, il était occupé avec la scie. »
„В продължение на две или три вечери той беше зает с триона.“
«Vous serez étonné(e) de voir à quel point le cadre photo est joli.»
Ще се изумите колко красива е рамката на картината.
«Il a accroché le cadre photo dans sa chambre.»
„Той е окачил рамката на картината в стаята си.“
« Quand il ouvrira la porte, vous verrez ses boiseries. »
„Когато отвори вратата, ще видите дърводелските му изделия.“
« Au fait, je suis ravi que vous soyez ici, Monsieur Prokurist. »
„Между другото, радвам се, че сте тук, господин Прокурист.“
« Nous n'aurions pas pu, à nous seuls, forcer Gregor à ouvrir la porte. »
„Сами не бихме могли да накараме Грегор да отвори вратата.“
« Il est tellement têtu », a avoué sa mère au vendeur.
„Той е толкова инатлив“, призна майка му на служителя.
« Il est certainement malade, même s'il l'a nié auparavant. »
„Той със сигурност не е добре, въпреки че го отричаше преди.“

« J'arrive tout de suite », dit Gregor lentement et prudemment.

— Веднага идвам — каза Грегор бавно и внимателно.

Mais il ne fit aucun mouvement vers la porte de la pièce.

Но той не направи никакво движение към вратата на стаята.

Il ne voulait pas perdre un seul mot de la conversation.

Не искаше да загуби нито дума от разговора.

Le chef de bureau a approuvé l'évaluation de la mère.

Главният чиновник се съгласи с оценката на майката.

« Je ne peux pas l'expliquer autrement non plus, madame. »

— И аз не мога да го обясня по друг начин, госпожо.

« Espérons tous qu'il ne souffre d'aucune maladie grave », a-t-il déclaré.

„Нека всички се надяваме, че няма сериозно заболяване“, каза той.

« D'un autre côté, c'est un risque pour notre secteur. »

„От друга страна, това е риск в нашата индустрия.“

« Nous, les hommes d'affaires, devons souvent surmonter un certain malaise. »

„Ние, бизнесмените, често трябва да преодоляваме дискомфорта.“

« Les professionnels doivent simplement faire abstraction des petites douleurs. »

„Професионалистите просто трябва да се справят с леки болки.“

Pendant ce temps, son père frappa de nouveau à l'autre porte.

Междувременно баща му отново почука на другата врата.

« Le chef de bureau peut-il entrer maintenant ? » demanda-t-il.

„Може ли главният чиновник да влезе сега?“, искаше да знае той.

« Non, il ne peut pas », répondit Gregor à la question de son père.

„Не, не може“, отговори Грегор на въпроса на баща си.

Un silence gênant s'installa dans la pièce de gauche.

В стаята отляво се възцари неловка тишина.
Dans la pièce de droite, la sœur se mit à sangloter.
В стаята отдясно сестрата започна да ридае.
Pourquoi la sœur n'était-elle pas partie rejoindre les autres ?
Защо сестрата не беше отишла да бъде с останалите?
Elle venait probablement de se lever, pensa-t-il.
Вероятно току-що беше станала от леглото, помисли си той.
Elle n'a peut-être même pas encore commencé à s'habiller.
Може дори още да не е започнала да се облича.
Mais Gregor ne comprenait pas pourquoi elle pleurait.
Но Грегор не можеше да разбере защо тя плаче.
Était-ce parce qu'il ne s'était pas levé pour laisser entrer le directeur ?
Дали беше защото не стана и не пусна управителя вътре?
Était-ce parce qu'il risquait de perdre son emploi ?
Дали беше защото беше в опасност да загуби работата си?
Le patron pourrait-il s'en prendre aux parents comme avant ?
Може ли шефът да дойде след родителите, както преди?
Allait-il leur formuler à nouveau les mêmes exigences qu'auparavant ?
Дали щеше да им отправи отново старите искания?
Il n'y avait probablement pas lieu de s'inquiéter de ces choses-là.
Вероятно не е трябвало да се тревожим за тези неща.
Pour le moment, elle n'avait aucune raison de pleurer.
Засега тя нямаше причина да плаче.
Gregor était toujours là, subvenant aux besoins de sa famille.
Грегор все още беше тук и се грижеше за семейството.
Et il n'a jamais eu l'intention de quitter sa famille.
И никога не е имал намерение да напуска семейството.
Pour le moment, il restait simplement allongé là, sur le tapis.
Засега той просто лежеше там на килима.
La famille ignorait son état.
Семейството не е знаело в какво състояние е бил той.
S'ils avaient su, ils n'auraient pas encouragé son patron.

Ако бяха знаели, нямаше да насърчат шефа му.

Ils n'auraient même pas laissé entrer le gérant.

Те дори не биха пуснали управителя в къщата.

Le refouler n'aurait pas été particulièrement impoli.

Да го отблъснеш нямаше да е особено грубо.

Il aurait facilement pu trouver une excuse convenable plus tard.

Той лесно би могъл да си намери подходящо извинение по-късно.

Ce n'était pas un motif de licenciement.

Това не беше нещо, за което можеше да бъде уволнен.

Gregor pensait qu'il serait plus judicieux de le laisser tranquille désormais.

Грегор смяташе, че сега би било по-разумно да го оставят сам.

Le déranger en pleurant et en parlant n'a pas beaucoup aidé.

Безпокоенето му с плач и говорене не постигна много.

Mais c'était l'incertitude qui inquiétait les autres.

Но именно несигурността тревожеше останалите.

Et c'est cette incertitude qui a excusé leur comportement.

И именно тази несигурност извиняваше поведението им.

« Monsieur Samsa », appela le directeur d'une voix forte.

— Господин Самса — извика управителят с повишен глас.

« Qu'est-ce qui se passe avec toi ? » a-t-il voulu savoir.

„Какво става с теб?“, искаше да знае той.

« Tu t'es barricadé dans ta chambre. »

„Забарикадирал си се в стаята си.“

«Vous ne pouvez répondre que par «oui» ou «non».»

„Отговаряте само с „да“ или „не“.“

«Vous causez de sérieux soucis à vos parents.»

„Създаваш сериозни тревоги на родителите си.“

« Je ne vois pas de bonne raison de les inquiéter. »

„Не виждам основателна причина защо бихте ги тревожили.“

« Il y a une autre chose que je mentionnerai en passant. »

„Има още нещо, което ще спомена между другото.“

«Vous négligez également vos obligations professionnelles envers nous.»

„Вие също така пренебрегвате служебните си задължения към нас."

« Une telle irresponsabilité ne vous ressemble pas du tout. »

„Подобна безотговорност е напълно нетипична за теб."

« Je parle ici au nom de vos parents et de votre patron. »

„Говоря тук от името на вашите родители и вашия шеф."

« Et je vous demande une explication immédiate et claire. »

„И ви моля за незабавно и ясно обяснение."

« Je dois dire que tout cela m'étonne vraiment. »

„Трябва да призная, че цялата тази работа наистина ме изумява."

« Je pensais vous connaître comme une personne calme et raisonnable. »

„Мислех, че те познавам като спокоен и разумен човек."

« Mais maintenant, tu nous montres une autre facette de toi. »

„Но сега ни показваш различна страна от себе си."

«Vous faites soudain preuve de vos caprices très particuliers.»

„Изведнъж проявяваш своите много странни капризи."

« Mais il pourrait y avoir une explication à votre échec. »

„Но може да има обяснение за твоя неуспех."

« Le patron a mentionné une dette que vous aviez recouvrée pour nous. »

„Шефът спомена за дълг, който сте ни събрали."

« J'ai donné ma parole d'honneur au patron en votre nom. »

„Дадох честната си дума на шефа от ваше име."

« Mais maintenant je vois votre obstination incompréhensible. »

„Но сега виждам твоя неразбираем инат."

« Je pourrais encore perdre toute envie de vous aider. »

„Може би все пак ще загубя всяко желание да ти помогна."

«Votre sécurité d'emploi n'est en aucun cas totalement stable.»

„Сигурността на работното ви място в никакъв случай не е напълно стабилна."

« À l'origine, je comptais vous dire tout cela en privé. »

„Първоначално възнамерявах да ти кажа всичко това насаме."

« Mais maintenant je vois que vous voulez que je perde mon temps ici. »

„Но сега виждам, че искаш да си губя времето тук."

«Je ne vois donc aucune raison pour que vos parents ne le sachent pas.»

„Така че не виждам причина родителите ти да не знаят."

«Vos récentes performances n'ont pas été satisfaisantes.»

„Последните ви постижения не бяха задоволителни."

« Je reconnais que les ventes sont plus lentes à cette période de l'année. »

„Признавам, че продажбите са по-бавни по това време на годината."

« Mais il n'y a pas de période de l'année où il n'y a pas de ventes. »

„Но няма време от годината, в което да няма продажби."

Pendant un instant, Gregor oublia tout ce qui l'entourait.

За миг Грегор забрави всичко около себе си.

« Mais Monsieur Prokurist ! » s'écria Gregor, désespéré.

— Но господин Прокурист! — извика отчаяно Грегор.

« J'ouvre la porte tout de suite, maintenant, ne vous inquiétez pas. »

„Ще отворя вратата веднага, точно сега, не се тревожи."

«Le problème, c'est que je ne me sens pas très bien.»

„Проблемът е, че се чувствам доста зле."

« Mes vertiges m'ont empêché d'atteindre la porte. »

„Замаяността ми ми попречи да стигна до вратата."

« Je suis encore au lit, mais je me sens beaucoup mieux. »

„Все още лежа в леглото, но се чувствам много по-добре."

«Un instant, s'il vous plaît, je viens de me lever.»

„Един момент, моля, тъкмо ставам от леглото."

« Un instant de patience, c'est tout ce que je vous demande, Monsieur Prokurist. »

„Моля само за миг търпение, господин Прокурист."

« Ça ne se passe pas aussi bien que je le pensais, mais ça ira. »

„Не върви толкова добре, колкото си мислех, но ще се оправя."

« Comment une telle chose peut-elle arriver à une personne aussi rapidement ? »

„Как е възможно такова нещо да се случи на човек толкова бързо?"

« Je me sentais bien hier soir, mes parents le savent. »

„Чувствах се добре снощи, родителите ми знаят това."

« Mais peut-être avais-je déjà un petit pressentiment à ce moment-là. »

„Но може би тогава вече имах едно малко предчувствие."

«Vous pourriez vous demander pourquoi je ne l'ai pas signalé au bureau.»

„Може би ще попитате защо не го съобщих в офиса."

« Je pensais que je me sentirais beaucoup mieux demain matin. »

„Мислех, че на сутринта ще се чувствам много по-добре отново."

« On pense toujours qu'ils auront vaincu la maladie d'ici là. »

„Човек винаги си мисли, че дотогава ще победи болестта."

« Mais je vous en prie ! Épargnez mes parents de ces accusations ! »

„Но моля те! Пощади родителите ми от тези обвинения!"

« On ne m'a pas dit un mot de ce que vous m'avez dit. »

„Не са ми казали и дума за това, което ти ми каза."

« Il se peut que vous n'ayez pas lu les dernières commandes que j'ai envoyées. »

„Може би не сте прочели последните заповеди, които изпратих."

« Au fait, vous n'avez pas à vous inquiéter pour moi aujourd'hui. »

„Между другото, днес не е нужно да се тревожиш за мен."

«Je vais quand même prendre le train de huit heures.»

„Все пак ще взема влака в осем часа."

« Ces quelques heures de repos m'ont suffisamment revigoré. »

„Няколкото часа почивка ме подкрепиха достатъчно."

« Vous n'avez vraiment pas besoin d'attendre, manager. »

„Наистина няма нужда да чакате, управителю."

« Moi aussi, je serai bientôt au bureau. »

„И аз скоро ще бъда в офиса."

« Et s'il vous plaît, ayez la gentillesse de dire un mot en ma faveur. »

„И моля те, бъди така добър да кажеш добра дума за мен."

Gregor avait donné son explication assez précipitamment.

Грегор беше изрекъл обяснението си доста прибързано.

Il ne savait pas vraiment ce qu'il essayait de dire.

Той едва ли знаеше какво всъщност се опитва да каже.

Il s'est approché de la boîte et a essayé de s'en servir pour se lever.

Той отиде до кутията и се опита да се изправи с нея.

Il avait vraiment l'intention d'ouvrir la porte.

Той наистина имаше пълното намерение да отвори вратата.

Il souhaitait être reçu par le représentant autorisé.

Той искаше да бъде видян от упълномощения представител.

Et il voulait régler le problème avec lui personnellement.

И искаше да реши проблема лично с него.

Il était impatient de savoir comment les autres réagiraient à son égard.

Той беше нетърпелив да знае как ще реагират останалите на него.

Ils doivent maintenant être impatients de savoir comment il va.

Те вече сигурно също са нетърпеливи да видят как е той.

Il y avait deux façons possibles dont ils pouvaient réagir face à lui.

Имаше два възможни начина, по които можеха да реагират на него.

Une possibilité était qu'ils aient peur.

Една от възможностите беше, че щяха да се уплашат.

S'ils avaient peur, alors il n'en était pas responsable.

Ако бяха уплашени, той не носеше отговорност.

Et alors, il n'aurait plus à s'inquiéter de la situation.

И тогава нямаше да се налага да се тревожи за ситуацията.

Mais il y avait aussi une autre possibilité à envisager.

Но имаше и друга възможност, за която да се помисли.

Peut-être accepteraient-ils sereinement sa personnalité.

Може би щяха спокойно да го приемат такъв, какъвто е.

Gregor n'aurait alors aucune raison de se fâcher non plus.

Тогава и Грегор нямаше да има причина да се разстройва.

Il y aurait encore assez de temps pour prendre le train.

Все още щеше да има достатъчно време да хвана влака.

Cependant, se tenir debout n'était pas une tâche facile.

Обаче, стоенето изправено никак не беше лесна задача.

Lors de ses premières tentatives, il a glissé hors de la boîte.

При първите си няколко опита той се изплъзна от кутията.

La boîte était trop lisse pour qu'il puisse s'y appuyer.

Кутията беше твърде гладка, за да може той да се облегне на нея.

Et finalement, il se donna un dernier effort pour se relever.

И най-накрая той си даде последен тласък, за да се изправи.

Il ne prêta plus attention à la douleur qu'il ressentait à l'abdomen.

Той вече не обръщаше внимание на болката в корема си.

Peu importe l'intensité de la douleur, il la surmonterait.

Без значение колко силна е болката, той щеше да я преодолее.

Il se laissa tomber contre le dossier d'une chaise voisine.

Той се отпусна върху облегалката на близкия стол.

Et il s'accrochait aux bords avec ses petites jambes.

И той се държеше за краищата с малките си крачета.

À ce stade, il avait repris le contrôle de lui-même.

В този момент той беше придобил по-голям контрол над себе си.

Et sa chute fut plus silencieuse que la précédente.

И падането му беше по-тихо от предишното.

Parce qu'il devait écouter ce que disait le manager.

Защото трябваше да слуша какво казва управителят.

« Avez-vous compris quelque chose à tout cela ? » demanda-t-il aux parents.

„Разбрахте ли нещо от това?", попита той родителите.

« Il ne se moquerait pas de nous, n'est-ce pas ? »

— Нямаше да ни изкара на глупаци, нали?

« Pour l'amour de Dieu ! » s'écria la mère, déjà en larmes.

„За бога!" – извика майката, вече плачейки.

« Il est peut-être gravement malade et nous le tourmentons. »

„Може да е сериозно болен и ние го измъчваме."

« Grete ! Grete ! » cria-t-elle à sa fille.

„Грете! Грете!", изкрещя тя на дъщеря си.

« Maman ? » appela la sœur de l'autre côté.

„Майко?" извика сестрата от другата страна.

Ils ont ensuite communiqué par l'intermédiaire de la chambre de Gregor.

След това те общуваха през стаята на Грегор.

« Gregor est très malade et il a besoin de médicaments. »

Грегор е много болен и има нужда от лекарства.

«Vous devrez aller chez le médecin immédiatement.»

„Ще трябва незабавно да отидете на лекар."

« Tu as entendu comment Gregor parlait tout à l'heure ? »

— Чу ли как Грегор говори току-що?

« C'était la voix d'un animal », a déclaré le gérant.

„Това беше глас на животно", каза управителят.

Ses paroles étaient douces comparées aux cris de la mère.

Думите му бяха тихи в сравнение с писъците на майката.

« Anna ! Anna ! » appela le père depuis l'antichambre.

„Ана! Ана!" — извика бащата през преддверието.

Et il a claqué des mains pour attirer leur attention.

И той пляскаше с ръце, за да привлече вниманието им.

« Appelez immédiatement un serrurier ! » ordonna-t-il à la bonne.

„Веднага извикай ключар!", нареди той на прислужницата.

Les filles, en jupes, traversèrent l'antichambre en courant.

Момичетата, по поли, тичаха през преддверието.

Et leurs jupes bruissaient lorsqu'elles passèrent en courant devant sa chambre.

И полите им шумоляха, докато тичаха покрай стаята му.

« Comment sa sœur a-t-elle fait pour s'habiller si vite ? » se demanda-t-il.

„Как сестрата се облече толкова бързо?", помисли си той.

La porte a été arrachée, mais elle n'a pas été claquée.

Вратата беше отворена с трясък, но не беше затръшната.

C'est fréquent dans les maisons où survient un grand malheur.

Това е често срещано в домове, където се случва голямо нещастие.

Mais tout cela avait considérablement apaisé Gregor.

Но всичко това накара Грегор да се успокои значително.

Quand il entendait ses propres paroles, elles lui paraissaient claires.

Когато чу собствените си думи, те му се сториха ясни.

En fait, il estimait que ses paroles avaient été plus claires.

Всъщност той чувстваше, че думите му са били по-ясни.

Mais les autres ne comprenaient plus ce qu'il disait.

Но останалите вече не разбираха какво казва.

Peut-être s'était-il habitué à ses oreilles à ce moment-là.

Може би вече беше свикнал с ушите си.

Mais au moins, ils comprenaient maintenant mieux sa situation.

Но поне сега разбираха по-добре положението му.

Ils se sont rendu compte qu'il y avait vraiment quelque chose qui n'allait pas chez lui.

Те осъзнаха, че наистина има нещо нередно с него.

Et ils faisaient maintenant tout leur possible pour l'aider.

И сега правеха всичко възможно, за да му помогнат.

Cela redonna à Gregor un sentiment de confiance qui lui manquait.

Това даде на Грегор чувство на увереност, което му липсваше.

Et il se sentait de nouveau beaucoup plus en sécurité au sein de sa famille.

И той се чувстваше отново много по-сигурен в семейството.

Il avait le sentiment d'être à nouveau intégré au cercle humain.

Той чувстваше, че отново е част от човешкия кръг.

Il ne lui restait plus qu'à espérer que le serrurier puisse ouvrir la porte.

Сега трябваше да се надява, че ключарят ще може да отвори вратата.

Et il espérait que le médecin serait capable d'accomplir de telles tâches.

И той се надяваше, че лекарят може да изпълнява подобни задачи.

Il allait bientôt devoir reprendre la parole.

Скоро щеше да му се наложи да говори още.

Il allait falloir que sa voix soit aussi claire que possible.

Гласът му трябваше да бъде възможно най-ясен.

Pour se préparer à la réunion, il s'éclaircit la gorge.

За да се подготви за срещата, той се прокашля.

Il s'efforçait toutefois de tousser très discrètement.

Въпреки това, той се постара да кашля съвсем тихо.

Ce bruit pouvait être différent d'une toux humaine.

Шумът може да е звучал различно от човешка кашлица.

Il savait qu'il ne pouvait plus faire la différence entre de telles choses.

Той знаеше, че вече не може да различи подобни неща.

Dans la pièce voisine, le silence était total.

В съседната стая беше станало напълно тихо.

Les parents étaient probablement assis à table.

Родителите вероятно са седели на масата.

Ils chuchotaient peut-être avec le gérant.

Може би са си шепнали с управителя.

Peut-être que tout le monde était appuyé contre la porte et écoutait.

Може би всички бяха облегнали глава на вратата и слушаха.

Gregor poussa lentement la chaise vers la porte.

Грегор бавно бутна стола към вратата.

Il s'appuya contre la porte et se tint droit.

Той се бутна към вратата и се изправи.

Il a découvert que la plante de ses pieds était légèrement collée.

Той научи, че възглавничките на краката му имат малко лепило.

Et il se reposa là un instant, épuisé.

И той си почина там за момент от усилието.

Après s'être suffisamment reposé, il s'attela à la tâche suivante.

След като си почина достатъчно, той се зае със следващата задача.

Il commença à tourner la clé dans la serrure avec sa bouche.

Той започна да върти ключа в ключалката с уста.

Malheureusement, il semblait qu'il n'avait pas de dents.

За съжаление, изглеждаше, че той няма истински зъби.

Mais quel autre moyen avait-il pour s'emparer des clés ?

Но какъв друг начин имаше да грабне ключовете?

Heureusement pour lui, ses mâchoires étaient bien sûr très fortes.

За щастие за него, челюстите му, разбира се, бяха много силни.

Grâce à la force de ses mâchoires, il a vraiment réussi à faire bouger la clé.

С помощта на челюстите си той наистина задвижи ключа.

Il ne doutait pas qu'il se faisait du mal à lui-même également.

Той нямаше никакво съмнение, че и сам си причинява вреда.

Parce qu'un liquide brunâtre sortait de sa bouche.

Защото от устата му излизаше кафява течност.
Le liquide brunâtre a coulé sur la clé et le long de la porte.
Кафявата течност се стичаше по ключа и надолу по вратата.
Mais Gregor ne se souciait pas de se faire du mal.
Но на Грегор не му пукаше, че си вреди.
« Vous entendez ça ? » demanda le gérant dans la pièce voisine.
„Чуваш ли това?", каза управителят в съседната стая.
« Il tourne la clé », avait remarqué le gérant.
„Той завърта ключа", беше забелязал управителят.
Ces paroles furent un grand encouragement pour Gregor.
Тези думи бяха голямо насърчение за Грегор.
Mais le père et la mère auraient également dû crier :
Но бащата и майката също трябваше да извикат:
« Bien joué, Gregor ! » auraient-ils dû lui crier.
„Браво, Грегор", трябваше да му извикат.
«Continue, continue de tourner la clé, tu peux le faire.»
„Продължавай, продължавай да завърташ ключа, можеш да го направиш."
Mais Gregor dut plutôt imaginer leur enthousiasme.
Но вместо това Грегор трябваше да си представи вълнението им.
Il serra les mâchoires de toutes ses forces.
Той стисна челюсти с всичка сила, която имаше.
Et il continua à tourner la clé dans la serrure.
И той продължи да върти ключа в ключалката.
Son corps se tordit douloureusement en un cercle.
Болезнено тялото му се изви в кръг.
Il ne tenait plus debout qu'avec sa bouche.
Сега се държеше изправен само с устата си.
Pour continuer à tourner la clé, il appuya contre la porte.
За да продължи да върти ключа, той натисна вратата.
Finalement, le claquement de la serrure réveilla de nouveau Gregor.
Накрая щракването на ключалката отново събуди Грегор.

« Je n'avais donc pas besoin du serrurier », soupira-t-il de soulagement.

„Значи не ми трябваше ключарят" – въздъхна той с облекчение.

Il ne lui restait plus qu'à ouvrir la porte qu'il avait déverrouillée.

Сега просто трябваше да отвори вратата, която беше отключил.

Et, la tête sur la poignée, il ouvrit la porte.

И с глава на дръжката той отвори вратата.

Il se trouvait derrière la porte qui donnait sur sa chambre.

Той беше зад вратата, която водеше към стаята му.

La porte était donc déjà ouverte avant même qu'on puisse le voir.

Значи вратата вече беше отворена, преди да може да бъде видян.

Il lui fallait ensuite se faufiler autour de la porte elle-même.

След това трябваше сам да маневрира около вратата.

Ce mouvement difficile a également nécessité beaucoup d'efforts.

Това трудно движение също изискваше много усилия.

Il ne voulait pas tomber maladroitement dans la pièce voisine.

Не искаше да падне тромаво в съседната стая.

Il n'avait donc pas le temps de prêter attention à quoi que ce soit d'autre.

Така че нямаше време да обръща внимание на нищо друго.

Mais il entendit alors le chef de bureau s'exclamer bruyamment : « Oh ! »

Но тогава чу главния чиновник да изрича силно „О!"

On aurait dit que le vent soufflait en rafales dans la maison.

Звучеше сякаш вятърът пронизваше къщата.

Il se trouvait être celui qui était le plus proche de la porte.

Случайно се оказа, че той е най-близо до вратата.

Et maintenant, en le voyant, il porta sa main à sa bouche.

И сега, като го видя, той притисна ръка към устата си.

Il recula lentement, s'éloignant de Gregor.

Той бавно се отдръпна назад, далеч от Грегор.

Mais c'était comme si une force invisible agissait sur lui.

Но сякаш някаква невидима сила действаше върху него.

La première chose que fit la mère fut de regarder le père.

Първото нещо, което майката направи, беше да погледне бащата.

Malgré la présence du gérant, ses cheveux étaient en désordre.

Въпреки присъствието на управителя, косата ѝ беше разрошена.

Elle déplia les bras et fit deux pas en avant.

Тя разпери ръце и направи две крачки напред.

Mais elle s'est effondrée au milieu de sa jupe.

Но тогава тя се свлече насред полата си.

Sa robe s'est étalée tout autour d'elle sur le sol.

Роклята ѝ се разпростря около нея по пода.

Et sa tête disparut sur sa poitrine.

И главата ѝ изчезна върху собствените ѝ гърди.

Le père serra le poing avec une expression hostile.

Бащата стисна юмрук с враждебно изражение.

Il semblait vouloir que Gregor soit renvoyé dans sa chambre.

Изглеждаше сякаш искаше Грегор да бъде набутан обратно в стаята му.

Il jeta ensuite un regard incertain autour du salon.

След това той огледа несигурно хола.

Et finalement, il se couvrit les yeux entre ses mains.

И накрая той закри очи с ръце.

Et il pleura amèrement jusqu'à ce que sa poitrine puissante tremble.

И той плака горчиво, докато могъщите му гърди се разтресоха.

Gregor n'est en réalité pas entré dans leur chambre.

Грегор всъщност изобщо не влезе в стаята им.

Au lieu de cela, il s'appuya contre le cadre de la porte.

Вместо това той се облегна на рамката на вратата.

Seule la moitié de son corps était visible de l'extérieur.
Само половината от тялото му беше видима за тези отвън.
Et sur son corps reposait sa tête, inclinée sur le côté.
А върху тялото му лежеше главата му, наклонена настрани.
La lumière était désormais devenue beaucoup plus vive qu'auparavant.
По това време светлината беше станала много по-ярка от преди.
On pouvait désormais voir clairement l'autre côté de la rue.
Сега човек можеше ясно да види другата страна на улицата.
Une partie de l'hôpital gris et interminable se dévoila.
Разкри се част от безкрайната, сива болница.
La pluie matinale n'avait pas encore complètement cessé de tomber.
Сутрешният дъжд все още не беше спрял да вали напълно.
Mais maintenant, les gouttes de pluie étaient plus grosses et plus espacées.
Но сега дъждовните капки бяха по-големи и по-далеч една от друга.
Les plats du petit-déjeuner étaient disposés en abondance sur la table.
Ястията за закуска бяха на масата в изобилие.
Le père considérait le petit-déjeuner comme le repas le plus important.
Бащата смятал закуската за най-важното хранене.
Le petit-déjeuner était un repas qu'il s'éternisait pendant des heures.
Закуската беше хранене, което той проточи с часове.
Et pendant ces heures, il lisait les différents journaux.
И в тези часове той четеше различни вестници.
Juste en face, sur le mur, était accrochée une photo de Gregor.
Точно на отсрещната стена висеше снимка на Грегор.
La photographie accrochée au mur le montrait en lieutenant.
Снимката на стената го изобразяваше като лейтенант.

C'était une photo de l'époque où il était dans l'armée.
Това беше снимка от времето, което прекара в армията.
Sa main était posée sur son épée, et il arborait un sourire insouciant.
Ръката му беше върху меча, а усмивката му беше безгрижна.
Sa posture et son uniforme imposaient un certain respect.
Позата и униформата му изискваха известно уважение.
L'autre porte qui menait à l'antichambre était également ouverte.
Другата врата, която водеше към преддверието, също беше отворена.
Et la porte de l'appartement était encore ouverte elle aussi.
И вратата на апартамента все още беше отворена.
On pouvait voir jusqu'à la cour de l'immeuble.
Човек можеше да вижда чак до предния двор на апартамента.
Puis les escaliers descendaient sur la rue en contrebas.
И тогава стълбите водеха надолу към улицата отдолу.
Gregor était le seul à avoir gardé son sang-froid.
Грегор беше единственият, който успя да запази самообладание.
Il a constaté cela, la conversation était donc de sa responsabilité.
Той видя това, така че разговорът беше негова отговорност.
« Bon, je vais m'habiller pour le travail maintenant », dit-il.
„Ами, сега ще се облека за работа“, каза той.
« Une fois que j'aurai emballé les échantillons de tissu, je partirai. »
„След като опаковам мострите от текстил, ще си тръгна.“
«Vous comptez toujours me tirer dessus, Monsieur Prokurist ?»
„Все още ли възнамерявате да ме уволните, господин Прокурист?“
« Comme vous pouvez le constater, je ne suis pas aussi têtue que vous le pensiez. »

„Както виждаш, не съм толкова упорит, колкото си мислеше."

« Et vous pouvez constater que j'aime bien travailler, après tout. »

„И виждаш, че все пак обичам да работя."

« Je peux admettre que voyager pour le travail n'est pas facile. »

„Мога да призная, че пътуването по работа не е лесно."

« Mais je peux aussi accepter que cela fasse partie de mon travail. »

„Но мога да приема и това, че е част от работата ми."

« Chef de projet, où allez-vous ? Retournez-vous au bureau ? »

„Управител, къде отиваш? Обратно в офиса?"

« Allez-vous rapporter fidèlement tout ce que vous avez vu ? »

„Ще разкажете ли честно всичко, което сте видели?"

«Il arrive parfois qu'on soit dans l'incapacité d'aller travailler.»

Понякога се случва човек да не може да ходи на работа.

« C'est le moment idéal pour se souvenir des succès passés. »

„Това е подходящият момент да си спомним за миналите постижения."

« Une fois la difficulté surmontée, on travaille encore mieux. »

„След като се премахне трудността, човек работи още по-добре."

« Ma diligence et ma concentration vont augmenter. »

„Моето старание и концентрация ще се увеличат."

«Vous savez très bien que je suis redevable envers le patron.»

„Много добре знаеш, че съм задължен на шефа."

« Mais je suis aussi inquiète pour mes parents et ma sœur. »

„Но също така се тревожа за родителите си и сестра си."

« Je suis dans une situation délicate, mais je vais m'en sortir. »

„В затруднено положение съм, но ще се справя с проблема.“

« Ne compliquez pas davantage les choses. »

„Не прави това по-трудно, отколкото вече е.“

« En tant que collègues, nous devons aussi nous entraider. »

„Като колеги, ние също трябва да си помагаме.“

« Je sais que les employés de bureau n'aiment pas les voyageurs. »

„Знам, че служителите в офиса не харесват пътешествениците.“

«Vous croyez qu'on gagne des fortunes et qu'on mène une vie confortable.»

„Мислиш, че печелим цяло състояние и водим добър живот.“

« Ils n'ont aucune raison valable de tenir compte de leurs préjugés. »

„Те нямат реална причина да се замислят за предразсъдъците си.“

« Mais vous, agent habilité, votre rôle est différent. »

„Но вие, упълномощен служител, имате различна роля.“

«Vous avez une meilleure vue d'ensemble que les autres membres du personnel.»

„Имате по-добра представа от останалите служители.“

« En fait, je pense que vous avez peut-être la meilleure vue d'ensemble. »

„Всъщност мисля, че може би имате най-добра обща представа.“

«Vous avez une meilleure vision d'ensemble que le patron lui-même.»

„Имаш по-добра представа от самия шеф.“

« J'admets que c'est le patron qui fait le travail d'entrepreneur. »

„Признавам, че шефът наистина върши предприемаческата работа.“

« Mais il est facile de se tromper dans ses jugements. »

„Но е лесно преценките му да бъдат подведени.“

« Et ces petites erreurs de jugement peuvent nous être préjudiciables. »

„И тези малки погрешни преценки могат да бъдат в наша вреда.“

«Vous savez combien il est facile de parler du voyageur.»

„Знаеш колко лесно е да се говори за пътешественика.“

« Il n'est pas là pour défendre sa réputation contre les rumeurs. »

„Той не е там, за да защитава репутацията си от клюки.“

« Ces accusations peuvent très bien n'être que des coïncidences. »

„Тези обвинения лесно могат да бъдат просто съвпадения.“

« Nombre de ces plaintes ne reposent même sur aucune vérité. »

„Много оплаквания дори не се основават на никакви истини.“

«Il est absent du bureau pendant presque toute l'année.»

„Той отсъства от офиса почти през цялата година.“

«Quelles chances a-t-il de défendre sa propre réputation ?»

„Какъв шанс има той да защити собствената си репутация?“

«Il n'a même pas connaissance des accusations.»

„Той дори не успява да чуе за обвиненията.“

«Il découvre ce qui a été dit lorsqu'il est trop tard.»

„Той разбира какво е било казано, когато е твърде късно.“

« À ce stade, il est épuisé par le voyage de la journée. »

„До този момент той е изтощен от еднодневното пътуване.“

« Il devra de toute façon en subir les terribles conséquences. »

„Той така или иначе трябва да преживее ужасните последици.“

« Même s'il n'a aucun moyen de comprendre le problème. »

„Въпреки че няма начин да разбере проблема.“

« Oh, manager, ne partez pas sans me dire un mot. »

„О, управителю, не си тръгвайте, без да ми кажете и дума."

«Dites-moi au moins que vous êtes d'accord avec moi en partie.»

„Поне ми кажи, че отчасти си съгласен с мен."

Mais le directeur s'était détourné de Gregor bien plus tôt.

Но мениджърът се беше отвърнал от Грегор много по-рано.

Son épaule tressaillit lorsqu'il se retourna vers Gregor.

Рамото му потрепна, когато погледна отново към Грегор.

Et il n'est pas resté immobile une seule fois pendant tout son discours.

И той не замръзна нито веднъж по време на речта.

Il se retournait vers Gregor, les lèvres pincées.

Той гледаше Грегор със стиснати устни.

Il reculait progressivement vers la porte.

Той бавно се оттегляше към вратата.

Mais il ne pouvait pas non plus détacher son regard de Gregor.

Но той не можеше да откъсне поглед и от Грегор.

Il avait l'impression qu'il lui était secrètement interdit de quitter la pièce.

Той чувстваше, че има тайна забрана да напуска стаята.

Mais à ce stade, il se trouvait déjà dans le hall d'entrée.

Но по това време той вече беше във входното антре.

Et soudain, il fit un mouvement vers la sortie.

И сега той направи рязко движение към изхода.

Il tendit la main droite vers les escaliers.

Той протегна дясната си ръка към стълбите.

Peut-être qu'une force surnaturelle attendait pour le sauver.

Може би свръхестествена сила чакаше да го спаси.

Gregor savait qu'il ne pouvait pas le laisser partir comme ça.

Грегор знаеше, че не може да го остави да си тръгне така.

Le manager ne doit pas revenir dans le même état d'esprit qu'avant.

Мениджърът не трябва да се връща в настроението, в което беше.

La sécurité de l'emploi de Gregor était fortement menacée.

Сигурността на работата на Грегор беше силно застрашена.

Les parents ne comprenaient pas tout cela.

Родителите не можеха напълно да разберат всичко това.

Au fil des ans, ils s'étaient habitués à sa sécurité d'emploi.

През годините бяха свикнали със сигурността на работното му място.

Et ils étaient convaincus qu'il avait ce poste à vie.

И те се бяха убедили, че той има работата доживот.

Au lieu de cela, ils s'étaient préoccupés d'autres soucis.

Вместо това бяха заети с повече други грижи.

Mais ces préoccupations leur ont fait perdre toute prévoyance.

Но тези опасения ги накараха да загубят всякаква далновидност.

Gregor, cependant, n'avait pas perdu la clairvoyance de ses parents.

Грегор обаче не беше загубил родителската далновидност.

Il a fallu que quelqu'un arrête le représentant autorisé.

Някой трябваше да спре упълномощения представител.

Il allait devoir le calmer et le convaincre.

Щеше да се наложи да го успокои и да го убеди.

L'avenir de Gregor et de sa famille en dépendait !

Бъдещето на Грегор и семейството му зависеше от това!

Si seulement sa sœur intelligente avait été là pour l'aider.

Само да беше тук интелигентната сестра, за да помогне.

Elle avait déjà pleuré alors que Gregor était encore dans sa chambre.

Тя вече беше плакала, когато Грегор още беше в стаята си.

À ce moment-là, il était simplement allongé tranquillement sur le dos.

В този момент той просто лежеше тихо по гръб.

Elle connaissait déjà l'importance de la situation à ce moment-là.

Тя вече осъзнаваше важността на ситуацията.

Le directeur était connu pour avoir un faible pour les femmes.

Мениджърът имаше добре позната слабост към жените.

Elle aurait facilement pu le persuader de rester plus longtemps.

Тя лесно би могла да го убеди да остане по-дълго.

Elle aurait fermé la porte et l'aurait fait rentrer.

Тя щеше да затвори вратата и да го въведе обратно вътре.

Mais malheureusement, sa sœur était partie chercher un médecin.

Но за съжаление сестрата беше отишла да повика лекар.

Gregor n'avait donc pas d'autre choix que de le faire lui-même.

Следователно Грегор нямаше друг избор, освен да го направи сам.

Il n'avait pas réfléchi à quelles étaient réellement ses capacités.

Той не беше обмислял какви всъщност са способностите му.

Et il avait oublié de se méfier de sa capacité à parler.

И беше забравил да не се доверява на способността си да говори.

Mais il a néanmoins quitté la sécurité de sa chambre.

Но въпреки това той напусна сигурността на стаята си.

Et il se faufila par l'ouverture de la pièce.

И той се промуши през отвора на стаята.

Le directeur était déjà en train de descendre les escaliers.

Управителят вече слизаше по стълбите.

Mais il s'accrochait à la rambarde à deux mains.

Но той се държеше за парапета с две ръце.

Gregor tomba en se poussant à travers la porte.

Грегор падна, докато се бутваше през вратата.

Il laissa échapper un petit cri en cherchant un appui.

Той издаде тих писък, докато се хващаше за опора.

Mais au lieu de paniquer, il a ressenti un bien-être physique.

Но вместо паника, той почувства физическо благополучие.

Pour la première fois ce matin-là, quelque chose semblait juste.

За първи път онази сутрин нещо се усещаше както трябва.

Il avait désormais toutes les jambes bien ancrées au sol.

Всичките му крака сега имаха твърда земя под себе си.

Il était surpris de constater à quel point il contrôlait bien ses jambes.

Той беше изненадан колко добре можеше да контролира краката си.

Il était heureux de constater que ses jambes lui obéissaient parfaitement.

Той с радост забеляза, че краката му му се подчиняват напълно.

En réalité, ses jambes le portaient partout où il le voulait.

Всъщност краката му го носеха където си поиска.

Bientôt, tous ses chagrins allaient prendre fin.

Скоро всичките му мъки щяха да приключат.

Mais au même moment, sa propre mère se leva d'un bond.

Но в същия момент собствената му майка скочи.

Ses bras étaient tendus et ses doigts écartés.

Ръцете ѝ бяха протегнати, а пръстите ѝ разкрачени.

Et elle s'est écriée : « Au secours ! Au nom de Dieu, que quelqu'un m'aide ! »

И тя извика: „Помощ, за Бога, някой да помогне!“

Elle inclina la tête ; elle voulait mieux voir Gregor.

Тя наклони глава; искаше да види Грегор по-добре.

Mais contrairement à sa première action, elle est revenue en courant.

Но в отговор на първото действие, тя хукна назад.

Elle avait oublié que la table était mise derrière elle.

Тя беше забравила, че масата е сложена зад нея.

Tout ce qui était prévu pour le petit-déjeuner était encore sur la table.

Всички неща за закуска все още бяха на масата.

Elle s'assit précipitamment sur la table, comme distraite.

Тя седна бързо на масата, сякаш разсеяна.

Et elle n'a pas semblé remarquer le café renversé.

И тя сякаш не забеляза разлятото кафе.
Le café était maintenant en train d'imbiber la moquette.
Кафето, което сега попиваше в килима.
« Maman, maman », dit doucement Gregor en levant les yeux vers elle.
— Майко, мамо — каза тихо Грегор, поглеждайки я.
Pour le moment, le manager ne lui importait pas.
За момента управителят не беше важен за него.
Mais il y avait aussi le café qui coulait sur la moquette.
Но също така имаше и кафе, капещо върху килима.
Gregor n'a pas pu s'empêcher de claquer des dents devant le café.
Грегор не можа да се сдържи да не щракне с челюсти по кафето.
La mère se remit à pleurer à cause de son comportement.
Майката отново започна да плаче заради поведението му.
Elle a sauté de la table pour prendre ses distances avec lui.
Тя скочи от масата, за да се дистанцира от него.
Et elle s'est réfugiée dans les bras de son père.
И тя се втурна в прегръдките на бащата, за да се спаси.
Mais Gregor n'avait plus de temps à consacrer à ses parents.
Но Грегор вече нямаше време за родителите си.
L'agent habilité se trouvait déjà dans l'escalier.
Упълномощеният служител вече беше на стълбите.
Il avait le menton appuyé sur la rambarde, pour regarder à l'intérieur de la maison.
Той беше подпрял брадичка на парапета, за да погледне в къщата.
Apparemment, il voulait jeter un dernier coup d'œil au spectacle.
Очевидно искаше да хвърли последен поглед на зрелището.
Et Gregor fit un dernier effort pour joindre le directeur.
И Грегор направи последен опит да се свърже с управителя.
Il courut vers la porte aussi prudemment qu'il le put.
Той хукна към вратата възможно най-безопасно.

Mais le chef de bureau devait se douter de quelque chose.

Но главният чиновник сигурно е подозирал нещо.

Parce qu'il a descendu quelques marches et a disparu.

Защото скочи няколко стъпала надолу и изчезна.

« Hein ! » s'écria Gregor, sa voix résonnant dans la cage d'escalier.

„Хъ!" извика Грегор, ехото отекна по стълбището.

La fuite du manager sembla également déconcerter son père.

Бягството на управителя сякаш обърка и баща му.

Jusque-là, il était parvenu à garder son calme.

Дотогава той успяваше да запази доста хладнокръвие.

Mais malheureusement, lui aussi a perdu le sang-froid qu'il avait eu.

Но за съжаление и той загуби самообладанието, което имаше преди.

Il aurait dû aider Gregor dans sa quête.

Това, което е трябвало да направи, е да помогне на Грегор в преследването му.

Mais, d'une main, il saisit la canne du directeur.

Но той грабна бастуна на мениджъра с едната си ръка.

Et dans l'autre main, il tenait maintenant un journal.

А в другата си ръка сега държеше вестник.

Et il entravait désormais directement Gregor dans sa poursuite.

И сега той директно възпрепятстваше Грегор в преследването му.

Il s'était placé entre Gregor et la rue.

Той се беше поставил между Грегор и улицата.

Il tapa du pied et agita le bâton et le journal.

Той тропна с крака и размаха бастуна и вестника.

Et il forçait activement Gregor à retourner dans sa chambre.

И той активно принуждаваше Грегор да се върне в стаята му.

Aucune des demandes formulées par Gregor n'a été utile.

Нито една от молбите, които Грегор се опита да отправи, не помогна.

Parce qu'aucune de ses demandes n'a été comprise.

Защото нито една от молбите, които отправяше, не беше разбрана.

Il tourna la tête vers un angle plus profond et plus humble.

Той обърна глава под по-дълбок, по-смирен ъгъл.

Mais son père répondit en tapant du pied encore plus fort.

Но баща му отговори, като тропаше с крака още по-силно.

La mère ouvrit une fenêtre, malgré la fraîcheur ambiante.

Майката отвори прозорец, въпреки хладното време.

Et elle enfouit son visage dans ses mains froides.

И тя зарови лице в ръцете си в студа.

Le vent pouvait désormais traverser tout l'appartement.

Вятърът вече можеше да преминава през целия апартамент.

Un fort courant d'air soufflait de l'escalier vers la ruelle.

Силен полъх духаше от стълбището към алеята.

Les rideaux claquaient sous l'effet du vent violent.

Завесите се вееха от силния вятър.

Et le journal posé sur la table bruissait dans le vent.

И вестникът на масата шумолеше на вятъра.

Même des feuilles ont été soufflées à l'intérieur de la maison depuis l'extérieur.

Дори някои листа бяха донесени от вятъра в къщата отвън.

Le père tapa du pied et poussa sans relâche.

Бащата тропаше с крака и буташе неуморно.

Et il sifflait et émettait des bruits comme un homme sauvage.

И той съскаше и издаваше звуци като див човек.

Mais Gregor ne s'était pas encore entraîné à marcher à reculons.

Но Грегор все още не беше практикувал ходене назад.

Même Gregor admettrait que ce mouvement était beaucoup plus lent.

Дори Грегор би признал, че това движение е било много по-бавно.

Tout ce qu'il souhaitait, c'était avoir la possibilité de faire demi-tour.

Всичко, което искаше обаче, беше възможността да се обърне.

Il serait alors allé directement dans sa chambre.

Тогава щеше да отиде веднага в стаята си.

Mais il avait trop peur d'impatienter son père.

Но той твърде много се страхуваше да не накара баща си да се разтегне.

Et il y avait la menace d'un coup de bâton.

И имаше заплаха от удар с пръчката.

Un tel coup à l'arrière de la tête pourrait être fatal.

Такъв удар в задната част на главата може да бъде фатален.

Mais finalement, Gregor n'avait pas d'autre choix.

Но накрая Грегор не остана без друг избор.

Il s'est rendu compte qu'il ne pouvait même plus marcher droit à reculons.

Той осъзна, че дори не може да ходи назад изправен.

Il commença à se retourner aussi vite qu'il le put.

Той започна да се обръща толкова бързо, колкото можеше.

Mais en réalité, ce mouvement de rotation était tout aussi lent.

Но в действителност това завъртане беше също толкова бавно.

Et il fut suivi des regards anxieux du père.

И той беше последван от тревожните погледи на бащата.

Peut-être le père avait-il remarqué les bonnes intentions de Gregor.

Може би бащата е забелязал добрите намерения на Грегор.

Parce qu'il ne l'a pas empêché de se retourner.

Защото не му попречи да се обърне.

Il a même utilisé le bout de son bâton pour guider la rotation.

Той дори използваше върха на бастуна си, за да насочва въртенето.

Mais Gregor aurait préféré que son père ne lui ait pas sifflé dessus !

Но Грегор все пак съжаляваше, че бащата не му беше
изсъскал!
Le sifflement ne fit qu'ajouter à la confusion du moment.
Съскането само добави към объркването в момента.
**Puis il a commis une erreur et a tourné dans la mauvaise
direction.**
И тогава той направи грешка и се обърна в грешната
посока.
Finalement, il a réussi à se tourner dans la bonne direction.
Накрая той най-накрая успя да се обърне в правилната
посока.
Et il était satisfait des progrès qu'il avait accomplis.
И той беше доволен от постигнатия напредък.
**Mais un autre problème est alors devenu encore plus
évident.**
Но тогава следващият проблем стана още по-очевиден.
Son corps était trop large pour passer facilement la porte.
Тялото му беше твърде широко, за да се промъкне лесно
през вратата.
Dans son état actuel, le père ne s'en est pas aperçu.
В сегашното си състояние бащата не забеляза това.
Il ne lui vint donc pas à l'esprit d'ouvrir davantage la porte.
Затова не му хрумна да отвори вратата по-нататък.
Il y aurait alors eu suffisamment de place pour Gregor.
Тогава щеше да има достатъчно място за Грегор.
**Sa seule priorité était de faire entrer Gregor dans sa
chambre.**
Единственият му приоритет беше да вкара Грегор в стаята
си.
Il aurait dû se lever pour passer la porte.
Щеше да се наложи да се изправи, за да се промъкне през
вратата.
Mais le père n'aurait pas permis une telle manœuvre.
Но бащата не би позволил подобна маневра.
En fait, il le sifflait encore plus sauvagement qu'avant.
Всъщност той му съскаше още по-яро от преди.

On aurait dit qu'il y avait plus d'un homme qui lui sifflait dessus.
Звучеше сякаш не само един мъж му съскаше.
Ses revendications semblaient revêtir une nouvelle urgence.
Исканията му сякаш криеха нова неотложност.
Il n'y avait vraiment plus de temps à perdre.
Наистина нямаше повече време за забавления.
Quoi qu'il arrive, Gregor devait franchir la porte.
Каквото и да се случи, Грегор трябваше да мине през вратата.
Il s'est imposé sans aucun égard pour lui-même.
Той се промуши без никакво самоуважение.
Un côté de son corps fut projeté vers le haut par le mouvement.
Едната страна на тялото му беше повдигната нагоре от движението.
Et il était allongé de travers, maladroitement, dans l'embrasure de la porte.
И той лежеше тромаво и криво между вратата.
Un de ses flancs était à vif à cause du frottement contre le bois.
Единият му хълбок беше охлузен в дървото.
Et il avait laissé des taches disgracieuses sur la porte peinte en blanc.
И беше оставил грозни петна по бяло боядисаната врата.
Les jambes d'un de ses côtés pendaient en tremblant dans le vide.
Краката от едната му страна висяха треперещи във въздуха.
Ses autres jambes étaient douloureusement enfoncées dans le sol.
Другите му крака бяха болезнено притиснати към пода.
Bientôt, il allait se retrouver complètement coincé entre la porte et le mur.
Скоро щеше да се окаже заклещен между вратата.
Et alors, il n'aurait plus pu bouger du tout.
И тогава изобщо нямаше да може да се движи.

Mais le père lui a donné une forte impulsion véritablement libératrice.

Но бащата му даде наистина освобождаващ силен тласък.

Et il tomba, ensanglanté, loin dans sa chambre.

И той падна, кървейки обилно, дълбоко в стаята си.

Le père claqua la porte derrière lui avec sa canne.

Бащата затръшна вратата зад себе си с бастуна си.

Et puis, enfin, le calme et la tranquillité revinrent.

И тогава най-накрая отново настъпи мир и тишина.

Gregor ne s'est réveillé que bien plus tard dans la journée.
Грегор се събуди чак много по-късно през деня.
Le crépuscule était tombé ; il avait dormi profondément, inconsciemment.
Беше паднал здрач; той беше спал дълбоко и безсъзнателно.
Il se serait réveillé même sans avoir été dérangé.
Щеше да се събуди дори без да бъде обезпокояван.
Parce qu'il se sentait suffisamment reposé et avait bien dormi.
Защото се чувстваше достатъчно отпочинал и добре спал.
Mais il crut entendre quelques pas furtifs à l'extérieur.
Но му се стори, че чу някакви мимолетни стъпки отвън.
Et quelqu'un aurait pu refermer soigneusement la porte d'entrée.
И някой може внимателно да е затворил входната врата.
La lumière du tramway électrique se projetait faiblement au plafond.
Светлината на електрическия трамвай бледо падаше на тавана.
Le dessus du meuble a également reçu un peu de lumière.
Горната част на мебелите също получи малко светлина.
Mais en bas, au niveau de Gregor, il faisait sombre.
Но долу на земята, на нивото на Грегор, беше тъмно.
Ses jambes le poussèrent lentement de nouveau vers la porte.
Краката му бавно го бутнаха отново към вратата.
Il était très curieux de voir ce qui s'était passé là-bas.
Той беше много любопитен да види какво се е случило там.
Mais le contrôle de ses antennes n'était pas encore développé.
Но контролът му върху опипванията все още не беше развит.

Bien qu'il ait commencé à apprécier ces nouveaux capteurs.

Въпреки че започна да оценява тези нови сензори.

Une longue et disgracieuse cicatrice semblait lui barrer le flanc gauche.

Дълъг, неприятен белег сякаш се спускаше по лявата му страна.

La cicatrice lui donnait l'impression de contracter ce côté de son corps.

Белегът сякаш стягаше тази страна на тялото му.

Il devait donc littéralement boiter en s'appuyant sur ses deux rangées de pattes.

И така, той буквално трябваше да куца на двата си реда крака.

L'une de ses jambes avait été grièvement blessée ce matin-là.

Единият му крак беше сериозно ранен онази сутрин.

C'était vraiment un miracle qu'il ne se soit pas cassé plus de jambes.

Наистина беше чудо, че не си беше счупил още крака.

Et il traîna donc sa jambe blessée, inerte, derrière lui.

И така той влачеше безжизнено ранения си крак след себе си.

Lorsqu'il atteignit la porte, il réalisa quelque chose de profond.

Когато стигна до вратата, осъзна нещо дълбоко важно.

C'était l'odeur de quelque chose qui l'avait attiré là.

Миризмата на нещо го беше примамила там.

Quelque chose de comestible avait été laissé pour Gregor dans sa chambre.

За Грегор беше оставено нещо годно за консумация в стаята му.

Des morceaux de pain blanc flottant dans un bol de lait sucré.

Парчета бял хляб, плуващи в купа със сладко мляко.

Il pouvait à peine contenir la joie qui l'habitait.

Той едва успяваше да сдържи радостта, която бушуваше в него.

Il avait encore plus faim maintenant que le matin.

Сега беше дори по-гладен, отколкото сутринта.
Il plongea aussitôt la tête dans le bol de lait.
Той веднага потопи глава в купата с мляко.
Le lait lui recouvrait presque toute la tête, jusqu'aux yeux.
Млякото се показа почти по цялата му глава, чак до очите.
Mais il a rapidement retiré sa tête, amèrement déçu.
Но скоро той отметна глава назад, горчиво разочарован.
L'alimentation était difficile en raison de la fragilité de son côté gauche.
Храненето беше трудно заради крехката му лява страна.
Et il ne pouvait manger qu'en haletant de tout son corps.
И можеше да яде само като се задъхва с цялото си тяло.
Mais ce n'était pas la véritable raison de sa déception.
Но това не беше истинската причина за разочарованието му.
Le lait avait toujours été l'un de ses plats préférés.
Млякото винаги е било едно от любимите му ястия.
Il ne doutait pas que sa sœur s'en souvenait.
Той не се съмняваше, че сестра му си е спомнила това.
Et c'est pour cela qu'elle lui avait donné du lait.
И това беше причината, поради която тя му беше дала мляко.
Il n'a pas su expliquer pourquoi il n'aimait plus le lait.
Той не можеше да обясни защо сега не харесва млякото.
Et il se détourna du bol presque à contrecœur.
И той се отвърна от купата почти с неохота.
Déçu, il retourna en rampant au milieu de la pièce.
Разочарован, той пропълзя обратно до средата на стаята.
De là, il pouvait voir à travers la fente de la porte.
Тук той успя да види през процепа на вратата.
Il pouvait voir que le feu était allumé dans le salon.
Той видя, че огънят в хола е запален.
Habituellement, à cette heure-ci, le père lisait le journal.
Обикновено по това време бащата четеше вестника.
Il avait toujours l'habitude de lire à sa mère à voix haute.
Той винаги четеше на майка си с повишен глас.
Parfois, la sœur écoutait aussi les conversations du père.

Понякога и сестрата подслушваше бащата.

Elle avait toujours parlé à Gregor de ces lectures à voix haute.

Тя винаги беше разказвала на Грегор за това четене на глас.

Mais aujourd'hui, aucun son ne provenait de la pièce.

Но днес от стаята не се чуваше никакъв звук.

Peut-être cette habitude s'était-elle déjà perdue.

Може би този навик вече беше излязъл от употреба.

Un silence profond s'était installé dans tout l'appartement.

Дълбока тишина се беше възцарила в целия апартамент.

Bien qu'il sût que l'appartement n'était certainement pas vide.

Въпреки че знаеше, че апартаментът със сигурност не е празен.

« Quelle vie tranquille mène cette famille », pensa Gregor.

„Какъв спокоен живот води семейството“, помисли си Грегор.

Et il fixa l'obscurité avec une grande fierté.

И той се взираше в тъмнината с голяма гордост.

Il était fier de la vie qu'il avait pu leur offrir.

Той се гордееше с живота, който беше успял да им даде.

Il était fier du bel appartement qu'ils occupaient.

Той се гордееше с красивия апартамент, в който живееха.

Mais cette paix était-elle sur le point de connaître une fin tragique ?

Но дали целият този мир щеше да дойде към ужасен край?

Allait-on leur ravir leur prospérité ?

Щеше ли да им бъде отнето благоденствието?

Leur bonheur était-il désormais incertain pour l'avenir ?

Несигурно ли беше тяхното удовлетворение в бъдеще?

Mais il ne voulait pas se perdre dans de telles pensées.

Но той не искаше да се потапя в подобни мисли.

Pour s'occuper, il grimpait et descendait les murs.

За да се занимава с нещо, той пълзеше нагоре-надолу по стените.

Durant cette longue soirée, une porte était entrouverte.
През дългата вечер една врата беше леко открехната.
Et à un autre moment, l'autre porte s'ouvrit légèrement.
И по друго време другата врата се отвори леко.
Mais à chaque fois, les portes se sont refermées aussitôt.
Но и двата пъти вратите бързо бяха затворени отново.
De toute évidence, quelqu'un à l'extérieur souhaitait entrer.
Явно някой отвън е имал желание да влезе.
Mais ils avaient aussi trop d'inquiétudes à l'idée de venir.
Но те също имаха твърде много притеснения относно
влизането.
Gregor s'arrêta alors net devant la porte du salon.
Грегор спря точно пред вратата на хола.
**Il était déterminé à trouver un moyen de tenter le visiteur
hésitant.**
Той беше решен по някакъв начин да изкуши колебливия
посетител.
Il voulait aussi savoir qui était le visiteur.
И също така искаше да знае кой е бил посетителят.
Mais ce soir-là, la porte ne fut pas ouverte une troisième fois.
Но онази вечер вратата не беше отворена за трети път.
**Et Gregor passa son temps à attendre en vain près de la
porte.**
И Грегор прекара напразно времето си в чакане до
вратата.
**Plus tôt dans la journée, ils avaient tous voulu entrer dans la
pièce.**
По-рано същия ден всички искаха да влязат в стаята.
**Maintenant que les portes étaient déverrouillées, ce serait
plus facile pour eux.**
Сега, щом вратите бяха отключени, щеше да им е по-
лесно.
Mais ils ont choisi de rester de l'autre côté de la pièce.
Но те предпочетоха да останат от другата страна на стаята.
**Gregor remarqua que les clés n'étaient plus dans leurs
serrures.**
Грегор забеляза, че ключовете вече не са в ключалките им.

Quelqu'un a dû déplacer les clés vers la serrure extérieure.

Някой сигурно е преместил ключовете към външната
ключалка.

**Ce n'est que tard dans la nuit que la lumière du salon était
éteinte.**

Едва късно през нощта лампата в хола беше изключена.

La famille a dû rester éveillée tout ce temps.

Семейството сигурно е останало будно през цялото време.

**Et Gregor pouvait clairement les entendre s'éloigner sur la
pointe des pieds.**

И Грегор ясно ги чуваше как се отдалечават на пръсти.

**Désormais, personne n'allait venir voir Gregor avant le
lendemain matin.**

Сега никой нямаше да дойде при Грегор до сутринта.

**Il eut donc tout le temps d'être seul, de réfléchir en toute
tranquillité.**

Така той имаше дълго време сам, за да мисли
необезпокояван.

**Quelle serait la meilleure façon de réorganiser sa vie
maintenant ?**

Какъв би бил най-добрият начин да реорганизира живота
си сега?

Mais les hauts murs de la pièce vide l'effrayaient.

Но високите стени на празната стая го плашеха.

**Il n'avait pas d'autre choix que de s'allonger à plat ventre sur
le sol.**

Нямаше друг избор, освен да се просне по гръб на земята.

Et il n'a jamais trouvé la cause de sa peur dans cet espace.

И никога не е откривал причината за страха си в това
пространство.

C'était la même pièce où il avait vécu pendant cinq ans.

Това беше същата стая, в която беше живял пет години.

Semi-consciemment, il fit un mouvement vers le canapé.

Полусъзнателно той направи движение към дивана.

Et sans aucune honte, il se cacha sous le canapé.

И без никакъв срам се скри под дивана.

Là-bas, il se sentit immédiatement de nouveau très à l'aise.

Там долу той веднага се почувства отново много удобно.
Bien que son dos soit un peu comprimé.
Въпреки факта, че гърбът му беше леко притиснат.
Il ne pouvait plus non plus lever la tête sous le canapé.
Той вече не можеше да си вдигне глава и под дивана.
Mais même cela, il préférait éviter de se trouver dans un espace ouvert.
Но дори това той предпочиташе пред това да бъде на открито пространство.
Il regrettait toutefois que son corps soit si large.
Въпреки това, той съжаляваше, че тялото му е толкова широко.
Le canapé ne pouvait pas recouvrir entièrement son corps.
Диванът не можеше да покрие напълно цялото му тяло.
Il est resté sous le canapé toute la nuit.
Той остана под дивана през цялата нощ.
Il passa la nuit à moitié endormi, troublé par sa faim.
Нощта прекара полузаспал, обезпокоен от глада си.
Et le temps qu'il passait éveillé, il le consacrait soit à s'inquiéter, soit à espérer.
И времето, когато беше буден, той прекарваше или в тревоги, или в надежди.
Mais tous ses vagues espoirs menaient à la même conclusion.
Но всичките му смътни надежди водеха до едно и също заключение.
Il n'avait d'autre choix que de rester silencieux pour le moment.
Той нямаше друг избор, освен да мълчи за момента.
Il devait faire preuve de patience et de considération envers la famille.
Той трябваше да прояви търпение и внимание към семейството.
C'était le seul moyen de rendre ce désagrément supportable.
Това беше единственият начин да направи неудобството поносимо.
Le désagrément qu'il imposait désormais à la famille.

Неудобството, което сега налагаше на семейството.
Il n'a pas eu à attendre longtemps pour prouver sa compassion.
Не му се наложи да чака дълго, за да докаже състраданието си.
Tôt le matin, sa sœur jeta un coup d'œil dans sa chambre.
Рано сутринта сестрата надникна в стаята му.
En réalité, c'était autant la nuit que le matin.
Въпреки че всъщност беше както нощ, така и сутрин.
Elle était entièrement habillée et semblait éprouver de l'excitation.
Тя беше напълно облечена и изглеждаше развълнувана.
La solidité de sa décision nouvellement prise pourrait être mise à l'épreuve.
Силата на нововзетото му решение можеше да бъде поставена на изпитание.
Elle ne l'a pas immédiatement repéré au premier coup d'œil.
Тя не го откри веднага с първия си поглед.
Il devait forcément être quelque part ; il n'aurait pas pu s'envoler.
Той трябваше да е някъде; не можеше да отлети.
Puis son regard parcourut une seconde fois la pièce.
Но тогава погледът й огледа стаята за втори път.
Et cette fois, elle a aperçu son torse sous le canapé.
И този път тя забеляза торса му под дивана.
Elle était si effrayée qu'elle a perdu tout contrôle d'elle-même.
Тя беше толкова уплашена, че загуби всякакъв самоконтрол.
Et sa première réaction fut de claquer la porte à nouveau.
И първата й реакция беше да затръшне вратата отново.
Mais elle a aussi semblé immédiatement regretter son comportement.
Но тя сякаш веднага съжали за поведението си.
Aussitôt qu'elle eut claqué la porte, elle la rouvrit.
Щом затръшна вратата, тя я отвори отново.
Et cette fois, elle entra dans la pièce sur la pointe des pieds.

И този път тя внимателно на пръсти влезе в стаята.
Elle se déplaçait comme si elle rendait visite à une personne gravement malade.
Тя се движеше, сякаш посещаваше тежко болен човек.
Ou bien elle rendait visite à un parfait inconnu.
Или може би е била на гости на напълно непознат човек.
Gregor poussa sa tête presque jusqu'au bord du canapé.
Грегор бутна глава почти до ръба на дивана.
Et, caché sous le coffre-fort, il l'observait dans la pièce.
И от под сейфа той я наблюдаваше в стаята.
Allait-elle remarquer qu'il avait oublié le lait ?
Дали щеше да забележи, че е оставил млякото?
Il n'avait pas laissé le lait par manque de faim.
Не беше оставил млякото поради липса на глад.
Allait-elle lui apporter un autre plat ?
Дали щеше да му донесе различна храна вместо това?
Peut-être un plat qui corresponde mieux à ses goûts.
Може би ястие, което по-добре отговаряше на предпочитанията му.
Mais elle aurait dû remarquer elle-même son appétit.
Но тя сама щеше да трябва да забележи апетита му.
Il aurait préféré mourir de faim plutôt que de lui en parler.
Той би предпочел да умре от глад, отколкото да я уведоми за това.
En réalité, il aurait beaucoup aimé le lui dire.
Всъщност много би искал да й го каже.
Il était vraiment tenté de tirer sur lui depuis sous le canapé.
Той наистина се изкушаваше да стреля изпод дивана.
Il avait envie de se jeter aux pieds de sa sœur.
Искаше му се да се хвърли в краката на сестра си.
Et il voulait lui demander quelque chose de bon à manger.
И искаше да я помоли за нещо вкусно за ядене.
Mais la sœur regarda alors le bol de lait.
Но тогава сестрата погледна към купата с мляко.
Elle remarqua aussitôt que le bol était encore plein.
Тя веднага забеляза, че купата е все още пълна.
Elle était plutôt surprise que Gregor n'ait rien mangé.

Тя беше доста изненадана, че Грегор не беше ял нищо.

Seul un peu de lait avait été renversé sur le sol.

Само малко мляко беше разлято на пода.

Elle a aussitôt ramassé le bol et l'a emporté.

Тя веднага взе купата и я изнесе.

Il vit qu'elle ne ramassait pas le bol à mains nues.

Той видя, че тя не е вдигнала купата с голи ръце.

Au lieu de cela, elle ramassa le bol à l'aide d'un des chiffons.

Вместо това тя вдигна купата с един от парцалите.

Mais Gregor oublia très vite ce petit détail.

Но Грегор много бързо забрави за тази малка подробност.

Il était désormais beaucoup plus enthousiaste à propos d'autre chose.

Сега беше много по-развълнуван от нещо друго.

Qu'est-ce qu'elle pourrait apporter à la place du lait ?

Какво би могла да донесе като заместител на млякото?

Il avait diverses idées sur ce qu'elle pourrait apporter.

Той имаше различни мисли за това какво би могла да донесе тя.

Mais la gentillesse de sa sœur a dépassé ses espérances.

Но добротата на сестра му надмина очакванията му.

Elle comprit qu'elle devait tester ses nouveaux goûts.

Тя осъзна, че трябва да изпробва какви са новите му вкусове.

Elle a donc apporté toute une sélection de plats différents.

Така тя донесе цяла селекция от различни храни.

Légumes à moitié pourris, os du repas du soir.

Полугнили зеленчуци, кости от вечерята.

De la sauce solidifiée provenant de leur autre repas.

Втвърден сос от другото ястие, което бяха яли.

Quelques raisins secs, des amandes, du pain sec, du pain beurré.

Няколко стафиди, малко бадеми, сух хляб, хляб с масло.

Du pain beurré et salé.

Малко хляб, намазан с масло и осолен.

Du fromage que Gregor avait déclaré immangeable il y a deux jours.

Сирене, което Грегор беше обявил за негодно за консумация преди два дни.

Toute cette sélection de nourriture était disposée sur un journal.

Цялата тази селекция от храни беше поставена върху вестник.

Elle a également placé un bol d'eau à côté de ses repas.

И тя също така постави купа с вода до храненията му.

Elle savait que Gregor n'aurait pas mangé devant elle.

Тя знаеше, че Грегор нямаше да яде пред нея.

Par respect pour lui, elle quitta de nouveau la pièce.

Затова от уважение към него тя отново напусна стаята.

Et elle a même tourné la clé dans la serrure en partant.

И дори завъртя ключа в ключалката, когато си тръгваше.

Mais elle tourna la clé très doucement et avec précaution.

Но тя завъртя ключа много тихо и внимателно.

De cette façon, seul Gregor saurait que la porte était verrouillée.

По този начин само Грегор щеше да знае, че вратата е заключена.

Il pouvait désormais s'installer aussi confortablement qu'il le souhaitait.

Сега можеше да се настани толкова удобно, колкото искаше.

Les jambes de Gregor s'agitaient frénétiquement à l'heure du repas.

Краката на Грегор подскачаха, когато дойде време за ядене.

Il est à noter qu'il ne ressentait plus aucune gêne.

Заслужава да се отбележи, че той вече не изпитваше никакъв дискомфорт.

Ses blessures doivent déjà être complètement guéries.

Раните му сигурно вече са напълно заздравели.

Parce qu'il ne ressentait plus ses anciens handicaps.

Защото вече не усещаше предишните си увреждания.

Sa nouvelle capacité de guérison le surprit et l'émerveilla.

Новата му способност да лекува го изненада и изуми.

Il y a plus d'un mois, il s'est coupé le doigt avec un couteau.

Преди повече от месец той си порязал пръста с нож.

Il y a encore deux jours, cette blessure le faisait souffrir.

Допреди два дни тази рана все още го болеше.

« Suis-je beaucoup moins sensible maintenant ? » pensa-t-il.

„Много по-малко чувствителен ли съм сега?“, помисли си
той.

À ce moment-là, il suçait déjà goulûment le fromage.

Той вече лакомо смучеше сиренето.

Il était plus attiré par le fromage que par les autres aliments.

Той беше привлечен от сиренето повече от другата храна.

**Il mangeait rapidement un morceau de fromage après
l'autre.**

Той бързо изяде едно парче сирене след друго.

Ses yeux s'embuèrent de satisfaction à la vue de ce goût.

Очите му се насълзиха от задоволство от вкуса му.

Après le fromage, il mangea les légumes et la sauce.

След сиренето той изяде зеленчуците и соса.

Cependant, les aliments frais ne lui plaisaient pas.

Прясна храна обаче не му се хареса.

En fait, il ne supportait même pas l'odeur des aliments frais.

Всъщност той дори не можеше да понася миризмата на
прясна храна.

Il a même éloigné les autres aliments des aliments frais.

Той дори отмести другата храна от прясната.

Et il a très vite terminé la nourriture la plus comestible.

И много бързо той свърши с най-ядливата храна.

Tous ces mets délicieux avaient un effet soporifique sur lui.

Цялата вкусна храна му действаше сънотворно.

Et il s'allongea paresseusement à l'endroit où il avait mangé.

И той лежеше лениво на мястото, където беше ял.

Finalement, sa sœur est revenue prendre de ses nouvelles.

Накрая сестра му се върна да го провери отново.

Elle a eu la prévoyance de tourner la clé très lentement.

Тя имаше далновидността да завърти ключа много бавно.

Cela a averti Gregor qu'il devait se retirer.

Това предупреди Грегор, че трябва да се оттегли.

Étourdi et surpris, il se précipita sous le canapé.

Замаян и стреснат, той побърза обратно под дивана.

Mais rester sous le canapé n'était pas si facile cette fois-ci.

Но този път да остана под дивана не беше толкова лесно.

Son corps s'était un peu arrondi à cause de toute cette nourriture.

Тялото му се беше леко закръглило от всичката храна.

Et il devait se retenir pour ne pas s'épuiser à nouveau.

И трябваше да се контролира, за да не избяга отново.

Même si la sœur n'est pas restée longtemps dans la chambre.

Въпреки че сестрата не остана дълго в стаята.

Il avait du mal à respirer dans cet espace étroit.

Той се мъчеше да диша под това тясно пространство.

Mais il a surmonté ces petites crises d'étouffement.

Но той преодоля малките пристъпи на задушаване.

Les yeux exorbités, il observait les agissements de sa sœur.

С изпъкнали очи той наблюдаваше действията на сестрата.

La sœur, sans se douter de rien, a tout versé dans un seau.

Нищо неподозиращата сестра изля всичко в кофа.

Elle s'est non seulement débarrassée de la nourriture que Gregor n'avait pas mangée, mais elle l'a fait.

Тя не само се е избавила от храната, която Грегор не е ял.

Mais elle jetait aussi la nourriture qu'il n'avait pas touchée.

Но тя изхвърляше и храната, която той не беше докоснал.

Apparemment, cet aliment n'était plus comestible pour personne.

Очевидно тази храна вече не беше годна за консумация от никого.

Elle referma ensuite le seau à nourriture avec un couvercle en bois.

След това тя затвори кофата с храна с дървен капак.

Et avec la nourriture, le seau et la serpillière, elle est partie.

И с храната, кофата и мопа, тя си тръгна.

Gregor n'aurait pas pu attendre beaucoup plus longtemps.

Грегор нямаше да може да чака още дълго.

Dès qu'elle fut partie, il s'échappa de sous le canapé.

Щом тя си тръгна, той избяга изпод дивана.

Il s'étira et souffla de soulagement.

И той се протегна и въздъхна от облекчение.

C'est ainsi que Gregor recevait de la nourriture de temps à autre.

Ето как Грегор получаваше храна отсега нататък.

Sa sœur lui a donné à manger une fois, tôt le matin.

Сестра му му даде храна веднъж рано сутринта.

À cette heure-ci, les parents et la bonne dormaient encore.

По това време родителите и прислужницата все още спяха.

Et il a reçu un deuxième repas après le déjeuner de tout le monde.

И той получи второ хранене, след като всички обядваха.

Car à ce moment-là, les parents dormaient aussi un peu.

Защото по това време и родителите спаха известно време.

Et la servante fut envoyée par la sœur faire une course.

И прислужницата беше изпратена от сестрата по някаква работа.

Ils n'avaient certainement aucune intention de laisser Gregor mourir de faim.

Те със сигурност нямаха намерение да гладуват Грегор.

Mais ils n'auraient pas voulu le regarder manger non plus.

Но и те нямаше да искат да го гледат как яде.

Les informations fournies par la sœur étaient suffisantes.

Това, което сестрата спомена, беше достатъчна информация.

C'était peut-être sa façon d'épargner aux parents leur chagrin.

Може би това беше нейният начин да спести мъката на родителите.

Ils avaient déjà suffisamment souffert de ses actes.

Те вече бяха страдали достатъчно от действията му.

Le premier jour s'estompait peu à peu dans les mémoires.

Първият ден бавно се превръщаше в далечен спомен.

Gregor n'avait aucun moyen de savoir ce qui s'était passé ce jour-là.

Грегор нямаше как да знае какво се е случило този ден.

Comment le serrurier a-t-il été conduit hors de l'appartement ?

Как беше изведен ключарят от апартамента?

Quelles excuses ont finalement satisfait le médecin ?

С какви извинения най-накрая беше доволен лекарят?

Il n'avait trouvé aucun moyen de se faire comprendre.

Той не беше намерил начин да се изкаже разбираемо.

Il n'a même pas réussi à communiquer avec sa sœur.

Той дори не успя да общува със сестра си.

Ils en conclurent donc qu'il ne pouvait pas les comprendre.

И затова те си помислиха, че той не може да ги разбере.

C'est pourquoi aucun effort ne fut fait pour lui parler.

И затова не беше направен никакъв опит да се говори с него.

Sa sœur venait dans sa chambre tous les matins et à midi.

Сестра му идваше в стаята му всяка сутрин и на обяд.

Mais il devait se contenter d'entendre ses soupirs.

Но трябваше да се задоволи с това да чуе въздишките ѝ.

Plus tard, elle s'est un peu plus habituée à la forme de Gregor.

По-късно тя все пак свикна малко повече с формата на Грегор.

Et elle se sentait un peu plus libre de faire davantage de remarques.

И тя почувства малко повече свобода да прави още забележки.

(Même si elle ne s'y habituerait jamais complètement.)

(Въпреки че никога нямаше да свикне напълно с него.)

Et puis Gregor eut de nouveau l'impression qu'on lui parlait un peu plus.

И тогава Грегор отново се почувства малко по-заговорен.

Et il a perçu ce qu'il considérait comme des commentaires amicaux.

И той долови това, което възприе като приятелски коментари.

"Il a apprécié son repas aujourd'hui", ou "il a tout mangé".

„Днес храната му хареса" или „изяде всичко".

Mais cela n'arrivait que lorsqu'il avait fini de manger.

Но това беше едва когато беше изял цялата си храна.

Mais récemment, cela devenait de plus en plus rare.

Но напоследък това ставаше все по-рядко срещано.

« Il touchait à peine à sa nourriture », disait-elle plus souvent maintenant.

„Почти не докосна храната си", казваше тя вече по-често.

Et il y avait une pointe de tristesse dans sa voix à chaque fois.

И всеки път в гласа ѝ се долавяше нотка на тъга.

Gregor ne pouvait entendre aucune autre nouvelle plus directement.

Грегор не можеше да чуе други новини по-пряко.

Mais il a entendu beaucoup de choses se dire dans les pièces voisines.

Но той подслуша много новини от съседните стаи.

Lorsqu'il a entendu des voix, il a couru vers la porte correspondante.

Когато чу гласове, той хукна към съответната врата.

Et il a plaqué tout son corps contre la porte pour entendre.

И той се притисна с цялото си тяло към вратата, за да чуе.

Toutes les conversations le concernaient d'une manière ou d'une autre.

Всички разговори го засягаха по един или друг начин.

Même lorsque le sujet semblait porter sur autre chose.

Дори когато темата сякаш беше за нещо друго.

Cette observation était particulièrement vraie au début.

Това наблюдение беше особено вярно в ранните дни.

À chaque repas, ils répétaient la même discussion.

По време на всяко хранене те повтаряха един и същ разговор.

Ils ne savaient toujours pas comment se comporter en sa présence.

Те все още не бяха сигурни как да се държат около него.
Mais le même sujet a également été abordé entre les repas.
Но същата тема се обсъждаше и между храненията.
Parce qu'il y avait toujours deux membres de la famille à la maison.
Защото винаги имаше двама членове на семейството у дома.
Personne ne voulait rester seul à la maison.
Никой не искаше да остане сам в къщата.
Mais laisser l'appartement vide était également hors de question.
Но оставянето на апартамента празен също беше изключено.
La femme de ménage était la seule à ne pas être attachée à l'appartement.
Камериерката беше единствената, която не беше обвързана с апартамента.
Elle avait déjà demandé à partir dès le premier jour.
Тя беше поискала да си тръгне още първия ден.
Elle s'est agenouillée et a supplié qu'on la renvoie.
Тя падна на колене и се замоли да бъде освободена.
La famille ignorait l'étendue des connaissances de la bonne.
Семейството не знаеше колко всъщност знае прислужницата.
À ce stade, elle n'en avait pas vu plus que quiconque.
На този етап тя не беше видяла повече от всеки друг.
Ce qui s'était passé restait un mystère pour la famille.
Какво се беше случило, все още беше загадка за семейството.
Mais un quart d'heure plus tard, elle fit ses adieux.
Но четвърт час по-късно тя се сбогува.
Et elle a remercié la famille, les larmes aux yeux.
И тя благодари на семейството със сълзи на очи.
Mais en réalité, elle les remerciait de l'avoir libérée.
Но всъщност тя им благодари, че са я освободили.
Ils semblaient lui avoir témoigné la plus grande bienveillance.

Изглежда, че са ѝ проявили най-голяма доброта.
Elle a même prêté serment, sans qu'on le lui demande.
Тя дори положи клетва, без да бъде помолена за това.
Elle a dit qu'elle ne dirait à personne ce qui s'était passé.
Тя каза, че няма да каже на никого какво се е случило.
Désormais, la sœur devait cuisiner avec sa mère.
Сега сестрата трябваше да готви заедно с майка си.
Mais ce n'était pas vraiment un inconvénient majeur.
Но това всъщност не беше чак толкова голямо неудобство.
Parce que de toute façon, ils n'avaient presque rien mangé tous les deux.
Защото двамата така или иначе почти нищо не ядоха.
Gregor surprenait sans cesse la même conversation.
Грегор отново и отново подслушваше един и същ разговор.
L'un disait à l'autre qu'il devait manger davantage.
Единият казваше на другия, че трябва да яде повече.
Mais cette personne n'a reçu aucune réponse de son interlocuteur.
Но този човек не получи отговор от човека.
« Merci, j'en ai assez », ou quelque chose de similaire.
„Благодаря, стига ми“ или нещо подобно.
Peut-être qu'eux non plus ne buvaient plus rien.
Може би и те вече не са пили нищо.
Sa sœur demandait souvent à son père s'il voulait de la bière.
Сестрата често питаше баща си дали иска бира.
Et elle a proposé chaleureusement d'aller chercher la bière elle-même.
И тя топло предложи сама да донесе бирата.
Le père gardait toujours le silence à sa demande.
Бащата винаги мълчеше по нейно искане.
La sœur devait donc trouver un moyen de dissiper tout doute.
Така че сестрата трябваше да намери начин да разсее всяко съмнение.
Et elle a dit qu'elle enverrait la bonne chercher de la bière.

И тя каза, че ще изпрати прислужницата да донесе бира.
Mais finalement, le père a dit un grand « non » retentissant.
Но тогава бащата най-накрая каза едно голямо, категорично „не“.
Puis, on n'a plus évoqué le fait qu'il boive une bière.
След това темата за това, че пие бира, вече не се споменаваше.
Il avait déjà expliqué la situation financière auparavant.
Той вече беше обяснил финансовото положение преди това.
En fait, il a évoqué les finances dès le premier jour.
Всъщност той спомена финанси още в първия ден.
Il leur a bien fait comprendre quelles étaient les perspectives.
Той ги е уведомил добре какви са перспективите.
Sa propre entreprise avait fait faillite il y a environ cinq ans.
Неговият собствен бизнес се беше сринал преди около пет години.
De temps en temps, il se levait pour quitter la table.
От време на време той ставаше, за да стане от масата.
Et il se dirigea vers la caisse de son ancien commerce.
И той отиде до касата на стария си бизнес.
Il avait conservé la caisse enregistreuse par sentimentalisme.
Той беше спасил касовия апарат от сантименталност.
Gregor l'entendit déverrouiller une serrure lourde et complexe.
Грегор го чу как отключва тежка и сложна ключалка.
Et il sortit des reçus et des livres de comptes de la caisse.
И той извади касови бележки и книги от касата.
Après avoir pris les objets, il a refermé la caisse à clé.
След като взе предметите, той отново заключи касата.
Gregor n'avait entendu aucune bonne nouvelle depuis son emprisonnement.
Грегор не беше чувал добри новини, откакто беше в затвора.
Il pensait que l'entreprise avait ruiné son père.
Той смяташе, че бизнесът е довел баща му до фалит.

Le père avait certainement donné cette impression à Gregor.
Бащата със сигурност беше създал такова впечатление у Грегор.
Et Gregor ne lui a plus jamais posé de questions sur les finances.
И Грегор никога повече не го попита за финансите.
Gregor voulait faire tout son possible pour aider la famille.
Грегор искаше да направи всичко възможно, за да помогне на семейството.
Il voulait les aider à oublier leurs difficultés financières.
Той искаше да им помогне да забравят бизнес неуспеха.
La faillite qui a engendré un désespoir total.
Фалитът, който доведе до пълна безнадеждност.
Il s'est donc mis à travailler avec une passion toute particulière.
така че той започна да работи с много специална страст.
Il était devenu représentant de commerce itinérant presque du jour au lendemain.
Той се беше превърнал в пътуващ търговец почти за една нощ.
Avant cela, il n'avait travaillé que comme commis mal payé.
Преди това той просто работеше като нископлатен чиновник.
Il avait désormais des opportunités de gains complètement différentes.
Сега той имаше съвсем различни възможности за печалба.
Les ventes réussies pouvaient être immédiatement converties en liquidités.
Успешните продажби могат веднага да бъдат превърнати в пари в брой.
L'argent étant bien sûr versé sur ses commissions.
Парите, разбира се, се изплащат от комисионните му.
Désormais, Gregor pouvait mettre de l'argent sur la table familiale.
Сега Грегор можеше да сложи пари на семейната маса.
Et ils étaient étonnés et ravis de ses gains.
И те бяха изумени и щастливи от печалбите му.

Mais ces beaux moments ne se reproduiront plus.

Но тези прекрасни времена няма да се повторят.

Ils commençaient tout juste à s'habituer à cette période faste.

Те едва бяха свикнали с тези хубави времена.

À chaque paie, la famille acceptait l'argent avec gratitude.

Всеки ден за заплата семейството с благодарност приемало парите.

Et Gregor était tout aussi heureux de remettre l'argent.

И Грегор беше също толкова щастлив да предаде парите.

Mais la chaleureuse affection qu'elle suscitait en retour s'est peu à peu éteinte.

Но топлата обич, дадена в замяна, бавно угасна.

Seule sa sœur restait aussi proche de Gregor qu'auparavant.

Само сестра му остана толкова близка с Грегор, колкото преди.

Elle, contrairement à Gregor, avait une profonde appréciation pour la musique.

Тя, за разлика от Грегор, имаше дълбока любов към музиката.

Et elle savait jouer du violon d'une manière très touchante.

И тя знаеше как да свири на цигулка много трогателно.

Gregor avait secrètement prévu de l'envoyer dans une école de musique.

Грегор тайно планирал да я изпрати в музикално училище.

Il n'avait pas encore décidé comment il réglerait les dépenses.

Той все още не беше решил как ще плати разходите.

Mais d'une manière ou d'une autre, il couvrirait les frais.

Но по един или друг начин той щеше да покрие разходите.

De temps en temps, Gregor et sa famille partaient en courts séjours.

Понякога Грегор и семейството ходеха на кратки екскурзии.

Gregor et sa sœur abordaient souvent ce sujet.

Грегор и сестрата често повдигаха темата.

Mais cela n'a jamais été évoqué que comme une idée merveilleuse.

Но това беше споменавано само като прекрасна идея.

Ils ne croyaient pas vraiment que ce rêve puisse se réaliser.

Те всъщност не вярваха, че мечтата може да се осъществи.

Et les parents n'appréciaient pas de telles ambitions fantaisistes.

И родителите не харесваха подобни фантастични амбиции.

Même lorsque le sujet a été abordé de manière tout à fait innocente.

Дори когато темата беше повдигната съвсем невинно.

Mais Gregor continuait de penser à l'école de musique.

Но Грегор продължаваше да мисли за музикалното училище.

Et il prévoyait d'annoncer le cadeau la veille de Noël.

И планираше да обяви подаръка в навечерието на Коледа.

Bien sûr, dans son état actuel, ce serait impossible.

Разбира се, в сегашното му състояние това би било невъзможно.

Mais ce genre de pensées lui traversait l'esprit.

Но подобни мисли му минаваха през главата.

Et telles étaient les pensées qui lui traversaient l'esprit en écoutant sa famille.

И той имаше такива мисли, докато слушаше семейството.

Parfois, il était trop fatigué pour continuer à les écouter.

Понякога се уморяваше твърде много, за да продължи да ги слуша.

Sa tête s'est affaissée contre la porte, rongée par la fatigue.

Главата му падна на вратата от умора.

Mais il appuya aussitôt de nouveau sa tête contre la porte.

Но той веднага отново опря глава на вратата.

Car même le moindre bruit s'entendait à l'extérieur.

Защото дори и най-малкият шум можеше да се чуе отвън.

Et le moindre bruit qu'il faisait plongeait la famille dans le silence.

И всеки шум, който издаваше, караше семейството да замълчи.

« Que fait-il maintenant ? » demanda le père à sa famille.

„Какво прави той сега?", попита бащата семейството.

Il alla à la porte pour vérifier d'où venait le bruit.

И той отиде до вратата, за да провери какъв е шумът.

Puis la conversation interrompue a repris progressivement.

И тогава прекъснатият разговор постепенно се възобнови.

Mais les paroles du père ont agréablement surpris tout le monde.

Но това, което бащата каза, изненада всички положително.

Gregor apprit alors la véritable situation financière.

Грегор сега научи истинското финансово състояние.

Malgré tous ces malheurs, il y a eu aussi un peu de chance.

Въпреки всички нещастия, имаше и добър късмет.

Une petite fortune d'antan était encore là.

Много малко състояние от миналото все още беше там.

Le père a expliqué les choses, mais a dû se répéter.

Бащата обясни нещата, но трябваше да повтори.

Parce qu'il ne s'était pas occupé de ces choses depuis un certain temps.

Защото от известно време не се беше занимавал с тези неща.

Et parce que la mère ne comprenait pas de telles choses.

И защото майката не разбираше такива неща.

Les taux d'intérêt de la banque avaient légèrement augmenté.

Лихвените проценти от банката се бяха повишили леко.

L'argent non utilisé avait augmenté plus que prévu.

Недокоснатите пари се бяха увеличили повече от очакваното.

De plus, Gregor leur avait toujours donné ses économies.

Освен това, Грегор винаги им беше давал спестяванията си.

Il n'avait jamais gardé que quelques florins pour lui-même.

Той винаги беше задържал само няколко гулдена за себе си.

Et son argent n'avait pas été entièrement dépensé.

И парите му не бяха напълно изразходвани.

Ensemble, ces sommes avaient constitué un petit capital.

Заедно тези пари се бяха натрупали в малък капитал.

Gregor, derrière sa porte, hocha la tête avec enthousiasme à la nouvelle.

Грегор, зад вратата си, кимна нетърпеливо в отговор на новината.

Il était ravi de cette prudence et de cette frugalité inattendues.

Той беше доволен от тази неочаквана предпазливост и пестеливост.

Les fonds excédentaires auraient pu servir à rembourser la dette.

Излишните средства биха могли да бъдат използвани за изплащане на дълга.

Ils n'auraient alors plus rien dû au patron.

Тогава вече нямаше да дължат нищо на шефа.

Et Gregor aurait pu changer d'emploi bien plus tôt.

И Грегор можеше да се премести на нова работа много по-рано.

Mais la façon dont le père s'y était pris était bien meilleure maintenant.

Но начинът, по който бащата го уреди, сега беше много по-добър.

L'argent ne suffisait pas tout à fait pour vivre des intérêts.

Парите не бяха съвсем достатъчни, за да се живее от лихвите.

Et il a fallu mettre de l'argent de côté pour les urgences.

И трябваше да се заделят някои пари за спешни случаи.

Cela n'aurait suffi que pour un an ou deux.

Парите щяха да са достатъчни само за година-две.

Cela signifiait que quelqu'un devait gagner de l'argent pour qu'ils puissent vivre.

Това означаваше, че някой трябва да печели пари, за да живеят.

Le père n'était pas malade et il était assez fort.

Бащата не беше болен и беше достатъчно силен.

Mais il était sans emploi depuis plus de cinq ans.

Но той беше безработен повече от пет години.

Et, du fait de son âge, il lui restait peu de confiance en lui.

И поради възрастта си, той нямаше почти никакво самочувствие.

Il avait également pris beaucoup de poids ces derniers temps.

Той също така беше качил доста килограми напоследък.

Sa vie avait toujours été ardue et infructueuse.

Животът му винаги е бил труден и неуспешен.

Et c'étaient les premières vacances qu'il ait jamais prises.

И това беше първата му почивка.

Et, faute d'être occupé, il était devenu assez maladroit.

И без да бъде зает, той беше станал доста непохватен.

Ne serait-il pas préférable que la vieille mère gagne l'argent ?

Щеше ли да е по-добре, ако старата майка печелеше парите?

La vieille mère qui souffrait d'asthme.

Възрастната майка, която страдаше от астма.

La vieille mère qui peinait à monter les escaliers.

Старата майка, която се мъчеше да се качи по стълбите.

La vieille mère qui passait son temps allongée sur le canapé.

Старата майка, която прекарваше времето си, излежавайки се на дивана.

La vieille mère qui préférait rester près de la fenêtre.

Старата майка, която предпочиташе да стои до прозореца.

Pour qu'elle puisse reprendre son souffle quand elle en aurait besoin.

За да може да си поеме дъх, когато има нужда.

Ne serait-il pas préférable que ce soit la jeune sœur qui gagne l'argent ?

Щеше ли да е по-добре, ако по-младата сестра печелеше парите?

La sœur, qui à dix-sept ans n'était encore qu'une enfant.

Сестрата, която на седемнадесет години беше все още дете.

La sœur qui ne connaissait que quelques modestes plaisirs.

Сестрата, която имаше само няколко скромни удоволствия.

La sœur qui aimait surtout jouer du violon.

Сестрата, която най-вече се наслаждаваше на свиренето на цигулка.

Elle savait que son mode de vie antérieur était très enviable ;

Тя знаеше, че предишният ѝ начин на живот е бил много завиден;

Bien s'habiller, faire la grasse matinée, aider à la maison.

Да се обличаш добре, да ставаш късно, да помагаш в къщата.

La conversation tournait souvent autour de la nécessité de gagner de l'argent.

Разговорът често се насочваше към нуждата от печелене на пари.

Gregor était toujours le premier à lâcher la porte.

Грегор винаги пръв пускаше вратата.

Cette conversation l'avait rempli de honte et de chagrin.

Разговорът го разпали от срам и мъка.

Il se laissa donc tomber sur le canapé en cuir qui refroidissait.

Затова се хвърли върху изстиващия кожен диван.

Et il passait souvent le reste de la nuit sur le canapé.

И често прекарваше остатъка от нощта на дивана.

Il ne dormait jamais vraiment sur le canapé, ni la nuit.

Той никога не спеше истински на дивана, нито през нощта.

Souvent, il se contentait de gratter le cuir pendant des heures.

Често той просто драскаше кожата с часове.

D'autres fois, il poussait le fauteuil jusqu'à la fenêtre.

Друг път той бутваше креслото до прозореца.

Cela a nécessité à lui seul beaucoup d'efforts de sa part.
Само това изискваше големи усилия от негова страна.
Le fauteuil l'a aidé à ramper jusqu'au rebord de la fenêtre.
Фотьойлът му помогна да се качи на перваза на прозореца.
Et de là, il put s'appuyer contre la fenêtre.
И оттам той можеше да се облегне на прозореца.
Il éprouvait un grand sentiment de liberté en faisant cela.
Той изпитваше огромно чувство на свобода, правейки
това.
Peut-être recherchait-il une sensation de liberté d'antan.
Може би е търсел някакво старо чувство на освобождаване.
Mais sa vue n'était plus aussi perçante qu'avant.
Но зрението му не беше толкова остро, колкото преди.
**Les objets situés à une certaine distance étaient flous et
indistincts.**
Нещата на известно разстояние бяха размазани и неясни.
Il ne pouvait plus voir l'hôpital de l'autre côté de la rue.
Вече не можеше да види болницата отсреща.
Avant, il maudissait le paysage, maintenant il voulait le voir.
Преди беше проклинал гледката, сега искаше да я види.
**Il savait qu'il habitait dans la paisible Charlottenstrasse, en
pleine ville.**
Той знаеше, че живее на тихата, градска улица
„Шарлотенщрасе“.
Mais il a peut-être cru qu'il regardait vers le désert.
Но може би си е помислил, че гледа в пустинята.
Un désert où le ciel gris et la terre grise se confondaient.
Пустошта, където сивото небе и сивата земя се сливаха.
**La sœur attentive remarqua à deux reprises que la chaise
avait bougé.**
Два пъти внимателната сестра забеляза, че столът се е
преместил.
Après avoir rangé, elle a repoussé la chaise vers la fenêtre.
След като подреди, тя бутна стола обратно до прозореца.
Et désormais, elle laissait même la fenêtre ouverte.
И отсега нататък тя дори оставяше крилото на прозореца
отворено.

Gregor aurait vraiment souhaité pouvoir parler à sa sœur.

Грегор наистина искаше да можеше да говори със сестра си.

Il voulait la remercier pour tout ce qu'elle avait fait pour lui.

Той искаше да ѝ благодари за всичко, което направи за него.

Il aurait alors plus facilement toléré leurs services.

Тогава щеше да понася услугите им по-лесно.

Mais en l'état actuel des choses, il souffrait de son aide.

Но така или иначе, той страдаше от това, че тя му помагаше.

La sœur, bien sûr, a tenté de dissimuler la gêne.

Сестрата, разбира се, се опита да прикрие смущението.

Et elle faisait de son mieux pour feindre de ne pas se sentir accablée.

И тя правеше всичко възможно да се преструва, че не се чувства обременена.

Bien sûr, c'est quelque chose qu'elle devait d'abord pratiquer.

Разбира се, това е нещо, което тя първо трябваше да практикува.

Et plus le temps passait, plus elle devenait douée.

И колкото повече време минаваше, толкова по-добра ставаше в това.

Mais Gregor eut également plus de temps pour constater sa supercherie.

Но на Грегор му беше дадено и повече време да види преструвките ѝ.

Même son entrée dans sa chambre était une épreuve pour lui.

Дори влизането ѝ в стаята му беше истинско изпитание за него.

Dès qu'elle est entrée, elle a couru directement vers la fenêtre.

Щом влезе, тя хукна право към прозореца.

Elle n'a même pas pris le temps de fermer la porte.

Тя дори не отдели време да затвори вратата.

Normalement, elle épargnait à tout le monde la vue de la chambre de Gregor.

Обикновено тя не показваше на всички стаята на Грегор.

Et elle ouvrit brusquement la fenêtre d'un geste rapide.

И тя отвори прозореца с припряни ръце.

Puis elle reprit sa respiration comme si elle avait suffoqué.

После отново си пое дъх, сякаш се задушаваше.

L'air qui entrait était froid, et elle respira profondément.

Влизащият въздух беше студен и тя си пое дълбоко дъх.

Mais elle resta néanmoins un moment près de la fenêtre.

Но въпреки това тя остана известно време до прозореца.

Elle effrayait Gregor deux fois par jour avec ce rituel.

Тя плашеше Грегор по два пъти на ден с тази рутина.

Pendant qu'elle était dans la pièce, il tremblait sous le canapé.

Докато тя беше в стаята, той трепереше под дивана.

Il savait qu'elle aurait aimé lui épargner cette épreuve.

Той знаеше, че тя би искала да му спести това изпитание.

Mais elle ne pouvait pas rester dans la pièce avec la fenêtre fermée.

Но тя не можеше да бъде в стаята със затворен прозорец.

Il y a eu une fois où elle est arrivée un peu plus tôt.

Веднъж тя дойде малко по-рано.

Probablement environ un mois après la transformation de Gregor.

Вероятно около месец след трансформацията на Грегор.

Elle s'était plus ou moins habituée à sa nouvelle apparence.

Тя донякъде беше свикнала с новия му външен вид.

Elle n'avait donc plus aucune raison d'être particulièrement choquée.

Така че тя вече нямаше причина да бъде особено шокирана.

Elle le trouva toujours immobile, le regard fixé par la fenêtre.

Тя го намери все още неподвижно втренчен през прозореца.

Il se trouvait dans le pire endroit où il aurait pu être.

Той се намираше на най-ужасното място, на което
можеше да се окаже.
Il n'aurait pas été surpris si elle n'était pas entrée.
Нямаше да се изненада, ако тя не беше влязла.
Il l'empêcha d'ouvrir la fenêtre.
Където той й попречи да отвори прозореца.
Elle quitta rapidement la pièce et ferma la porte.
Тя бързо излезе от стаята и отново затвори вратата.
Un étranger aurait pu tirer toutes sortes de conclusions.
Един непознат би могъл да стигне до всякакви
заключения.
Peut-être attendait-il simplement l'occasion de la mordre.
Може би просто чакаше възможността да я ухапе.
Gregor, bien sûr, s'est immédiatement caché sous le canapé.
Грегор, разбира се, веднага се скри под дивана.
Mais il dut attendre midi pour que sa sœur revienne.
Но трябваше да чака до обяд, за да се върне сестра му.
Et elle semblait beaucoup plus agitée que d'habitude.
И тя изглеждаше много по-неспокойна от обикновено.
Il réalisa que sa vue lui était encore insupportable.
Той осъзна, че гледката му все още е непоносима.
Sa vue allait lui rester insupportable.
Гледката му щеше да остане непоносима за нея.
**Elle ne pouvait probablement pas supporter de le voir,
même partiellement.**
Вероятно не би могла да понесе да види каквато и да е част
от него.
Une petite partie dépassait toujours de sous le canapé.
Една малка част винаги стърчеше изпод дивана.
Un jour, il transporta un drap sur son dos jusqu'au canapé.
Един ден той носеше чаршаф на гръб към дивана.
Il voulait lui épargner de voir quoi que ce soit de lui.
Той искаше да я предпази от това да види каквато и да е
част от него.
Il arrangea le drap de façon à ce qu'il soit entièrement caché.
Той нагласи чаршафа така, че да бъде скрит целият му
вид.

Même si elle se baissait, elle ne pourrait pas le voir.
Дори и да се наведеше, нямаше да може да го види.
L'opération a pris à Gregor plus de trois heures.
Цялото усилие отне на Грегор повече от три часа.
Elle a peut-être pensé que le drap était inutile.
Може би си е помислила, че чаршафът е ненужен.
Elle aurait su qu'il ne voulait pas du drap.
Тя щеше да знае, че той не иска чаршафа.
Il le faisait pour son confort, et non pour lui-même.
Правеше го за нейно удобство, а не за себе си.
Et elle aurait pu enlever le drap si elle l'avait voulu.
И можеше да махне чаршафа, ако искаше.
Mais elle laissa le drap là où Gregor l'avait mis.
Но тя остави чаршафа там, където го беше сложил Грегор.
Et Gregor crut même avoir aperçu un regard reconnaissant.
И Грегор дори си помисли, че е уловил благодарен поглед.
Il avait doucement soulevé le drap avec sa tête.
Той внимателно повдигна чаршафа с глава.
Il voulait savoir si sa sœur appréciait cet arrangement.
Той искаше да види дали сестра му харесва уговорката.

Les deux premières semaines ont été les plus difficiles pour les parents.
Първите две седмици бяха най-трудни за родителите.
Ils n'ont pas eu le courage d'entrer et de le voir.
Те не можеха да се накарат да влязат и да го видят.
Il a surpris plusieurs de leurs conversations à cette époque.
По това време той подслуша много от разговорите им.
Ils ont pleinement reconnu tout ce que faisait la sœur.
Те напълно признаваха всичко, което сестрата правеше.
Même s'ils étaient souvent agacés par elle.
Въпреки че често ѝ се дразнеха.
Parce qu'elle semblait être une fille un peu inutile.
Защото тя изглеждаше донякъде безполезно момиче.
C'étaient maintenant eux qui attendaient de l'autre côté de la pièce.
Сега те чакаха от другата страна на стаята.

Et c'est elle qui est entrée dans la pièce pour tout faire.

И тя беше тази, която влезе в стаята, за да направи всичко.

Dès qu'elle est sortie, ils ont voulu tout savoir.

Щом тя излезе, те поискаха да знаят всичко.

Elle a dû leur décrire précisément l'aspect de la pièce.

Тя трябваше да им каже точно как изглежда стаята.

« Qu'est-ce que Gregor a mangé ? Comment s'est-il comporté cette fois-ci ? »

„Какво ядеше Грегор? Как се държеше този път?"

«Y avait-il peut-être une légère amélioration à constater ?»

„Вероятно имаше леко подобрение, което да се забележи?"

La mère, d'ailleurs, était en réalité plus courageuse.

Между другото, майката всъщност беше по-смела.

Et bien sûr, c'était son propre fils qui se trouvait dans la pièce.

И разбира се, в стаята беше нейният собствен син.

Elle souhaitait en fait rendre visite à Gregor assez rapidement.

Всъщност тя искаше да посети Грегор сравнително скоро.

Mais au départ, son père et sa sœur l'ont retenue.

Но бащата и сестрата първоначално я възпирали.

Ils ont avancé des arguments très rationnels pour qu'elle n'y aille pas.

Те изложиха много рационални аргументи за това тя да не ходи.

Gregor écouta très attentivement leur raisonnement.

Грегор слушаше много внимателно разсъжденията им.

Et il acceptait ce raisonnement autant que sa mère.

И той приемаше разсъжденията толкова, колкото и майка му.

Plus tard, cependant, il a fallu la retenir par la force.

По-късно обаче се наложило тя да бъде задържана със сила.

«Laissez-moi entrer voir Gregor, c'est mon malheureux fils !»

„Пусни ме вътре при Грегор, той е моят нещастен син!"

« Tu ne comprends pas que je dois aller le voir ? »

— Не разбираш ли, че трябва да отида да го видя?
Gregor fut également convaincu par les arguments de sa mère.
Грегор също беше убеден от аргументите на майка си.
Peut-être avait-elle raison ; ce serait bien qu'elle vienne.
Може би беше права; щеше да е добре, ако влезе.
Le voir tous les jours serait beaucoup trop lourd.
Да идвам да го виждам всеки ден би било твърде много.
Mais le voir une fois par semaine suffirait peut-être.
Но да го виждам може би веднъж седмично може би ще е достатъчно.
Elle pourrait comprendre les choses bien mieux que sa sœur.
Тя може би разбира нещата много по-добре от сестрата.
Malgré tout son courage, elle n'était encore qu'une enfant.
Въпреки цялата си смелост, тя все още беше само дете.
Peut-être une insouciance enfantine l'a-t-elle poussée à entreprendre cette tâche.
Може би детинско безразсъдство я е накарало да се заеме със задачата.
Mais le souhait de Gregor de revoir sa mère se réalisa bientôt.
Но желанието на Грегор да види майка си скоро се сбъдна.
Durant la journée, Gregor se tenait à l'écart de la fenêtre.
През деня Грегор стоеше далеч от прозореца.
Il a agi ainsi par égard pour ses parents.
Той направи това от уважение към родителите си.
Il n'avait pas beaucoup de place pour ramper sur le sol.
Нямаше много място да пълзи по пода.
Il avait du mal à rester immobile pendant la nuit.
Трудно му беше да лежи неподвижно през нощта.
Manger ne lui procurait plus le moindre plaisir.
Храненето вече не му доставяше и най-малко удоволствие.
Bien sûr, il devait trouver un moyen de se distraire.
Разбира се, трябваше да намери някакъв начин да се разсее.
Pour se divertir, il grimpait et descendait les murs.
За да се забавлява, той пълзеше нагоре-надолу по стените.

Et il rampait aussi le long du plafond, la tête en bas.

И той също пълзеше по тавана, с главата надолу.

Il était particulièrement heureux lorsqu'il était suspendu au plafond.

Той беше особено щастлив, когато висеше от тавана.

C'était complètement différent de s'allonger par terre.

Беше съвсем различно от това да лежиш на пода.

Il trouvait qu'il respirait beaucoup plus facilement dans cette position.

В това положение му беше много по-лесно да диша.

Une légère mais agréable vibration parcourut son corps.

Лека, но приятна вибрация премина през тялото му.

Parfois, il se laissait même trop aller à son bonheur.

Понякога дори се отпускаше прекалено много в щастието си.

Il lui arrivait d'être distrait et de lâcher prise du plafond.

Понякога се разсейваше и пускаше тавана.

Et à sa propre surprise, il atterrit de nouveau sur le sol.

И за своя изненада той се приземи обратно на земята.

Mais il maîtrisait bien mieux son corps qu'auparavant.

Но той имаше много по-добър контрол над тялото си от преди.

Ainsi, il ne se blessait plus lors de chutes aussi importantes.

Така че сега не се е наранил от толкова големи падания.

Sa sœur remarqua immédiatement le nouveau plaisir de Gregor.

Сестрата веднага забеляза новото удоволствие на Грегор.

Et on retrouvait des traces de colle là où il avait rampé.

И имаше следи от лепило там, където беше пропълзял.

Là encore, la sœur pensa au bien-être de Gregor.

Тук сестрата отново се замисли за благополучието на Грегор.

Il apprécierait peut-être d'avoir plus d'espace pour ramper.

Може би би оценил повече място за пълзене.

Et l'idée s'est fermement ancrée dans son esprit.

И идеята здраво се затвърди в главата ѝ.

Certains meubles volumineux entravaient sa liberté de mouvement.
Някои от големите мебели пречеха на свободното му движение.
Il ne travaillait plus, il n'avait donc plus besoin du bureau.
Той вече не работеше, така че нямаше нужда от бюрото.
Et la boîte prenait plus de place que nécessaire. ***
И кутията заемаше повече място, отколкото беше необходимо. ***
La sœur n'était pas en mesure de déplacer ces choses seule.
Сестрата не беше в състояние да премести тези неща сама.
Bien sûr, elle n'osait pas demander de l'aide à son père.
Разбира се, тя не посмя да помоли бащата за помощ.
La bonne ne l'aurait certainement pas aidée non plus.
Прислужницата със сигурност също нямаше да ѝ помогне.
La nouvelle femme de ménage était en réalité un an plus jeune qu'elle.
Новата прислужница всъщност беше с година по-млада от нея.
Elle avait courageusement endossé le rôle de l'ancienne bonne.
Тя смело се беше вписала в ролите на бившата прислужница.
Mais il y avait un privilège auquel elle tenait absolument.
Но имаше една привилегия, която тя настояваше да има.
Elle voulait que la cuisine reste verrouillée en permanence.
Тя искаше да държи кухнята заключена през цялото време.
La sœur n'avait donc pas d'autre choix que de demander à sa mère.
Така че сестрата нямала друг избор, освен да попита майка си.
La mère est venue à son secours en poussant des cris de joie.
С викове на възбудена радост майката се притече на помощ.
Mais elle se tut devant la porte de la chambre de Gregor.
Но тя замълча пред вратата на стаята на Грегор.

La sœur a vérifié que tout était en ordre dans la chambre.
Сестрата провери дали всичко в стаята е наред.
Gregor avait tiré précipitamment encore plus fort sur le drap.
Грегор набързо беше дръпнал чаршафа още по-стегнато.
Bien que le drap-housse paraisse encore disposé au hasard.
Въпреки че чаршафът все още изглеждаше хаотично подреден.
Et ce n'est qu'alors qu'elle laissa sa mère entrer dans la pièce.
И едва тогава тя пусна майка си в стаята.
Gregor s'abstint également d'espionner sous le drap.
Грегор също се въздържа да шпионира изпод чаршафа.
Il a décidé de ne pas voir sa mère cette fois-ci.
Той реши да се откаже от срещата с майка си този път.
Gregor était déjà content qu'elle soit venue.
Грегор беше достатъчно щастлив, че тя изобщо беше влязла.
«Entrez, vous ne pouvez pas le voir», dit la sœur.
„Влизай, не можеш да го видиш“, каза сестрата.
Gregor supposa qu'elle tenait sa mère par la main.
Грегор предположи, че тя води майка си за ръка.
Puis il entendit les deux femmes, faibles, déplacer les meubles.
Тогава чу как двете слаби жени местят мебелите.
La sœur semblait s'attribuer la majeure partie du travail.
Сестрата сякаш претендираше за по-голямата част от работата за себе си.
Sa mère craignait qu'elle ne s'épuise.
Майка ѝ се страхуваше, че ще се пренапрегне.
Mais la sœur n'a prêté aucune attention à ces avertissements.
Но сестрата не обърна внимание на тези предупреждения.
Mais même après quinze minutes, les progrès étaient très lents.
Но дори и след петнадесет минути напредъкът беше много бавен.
Ils n'avaient pas réussi à déplacer les meubles très loin.
Не бяха успели да преместят мебелите много далеч.

Ils commençaient lentement à ressentir un sentiment de défaite.
Те бавно започваха да чувстват чувство на поражение.
La mère fut la première à reconnaître l'inutilité de la démarche.
Майката първа призна безсмислието.
« Il vaudrait peut-être mieux laisser la boîte ici. »
„Може би ще е по-добре да оставим кутията тук.“
« Le carton est trop lourd pour que nous puissions le déplacer plus loin. »
„Кутията е твърде тежка, за да се придвижим много по-далеч.“
« Et nous n'aurons pas terminé avant l'arrivée de votre père. »
„И няма да свършим, преди баща ти да пристигне.“
« Laisser la boîte ici lui barrerait encore plus le passage. »
„Ако оставим кутията тук, това ще му препречи пътя още повече.“
« Et pouvons-nous être sûrs de lui rendre service ? »
„И можем ли да бъдем сигурни, че му правим услуга?“
Ils commencèrent à penser que le contraire pourrait bien être vrai.
Те започнаха да мислят, че обратното може би е вярно.
La vue du mur vide lui pesait lourdement sur le cœur.
Гледката на празната стена тежеше на сърцето ѝ.
Qui nous dit que Gregor ne ressentirait pas la même chose ?
Какво да кажем, че Грегор също не би се чувствал така?
«Il est déjà habitué aux meubles de sa chambre.»
„Той вече е свикнал с мебелите в стаята си.“
«Il pourrait se sentir encore plus abandonné dans une pièce vide.»
„В празна стая може да се почувства още по-изоставен.“
À ce moment-là, sa voix s'était presque réduite à un murmure.
По този момент гласът ѝ почти се беше снишил до шепот.
Elle ignorait en réalité où se trouvait exactement Gregor.

Тя всъщност не знаеше точното местонахождение на
Грегор.

Elle ne voulait même pas qu'il entende sa voix.

Тя не искаше той дори да чуе звука на гласа ѝ.

Bien qu'elle fût certaine qu'il ne la comprenait pas.

Въпреки че беше сигурна, че той не я разбира.

**« N'aurait-on pas l'impression de l'avoir complètement
abandonné ? »**

„Не би ли изглеждало, че сме се отказали напълно от
него?“

**«N'aura-t-il pas l'impression qu'on le laisse se débrouiller
seul ?»**

„Няма ли да се почувства така, сякаш го оставяме да се
справя сам?“

**«Nous devrions laisser la pièce exactement comme elle
était.»**

„Трябва да оставим стаята точно такава, каквато беше.“

« Gregor finira par nous revenir comme avant. »

„В крайна сметка Грегор ще се върне при нас такъв,
какъвто беше.“

«Alors il constatera que tout est encore à sa place.»

„Тогава ще открие, че всичко си е на мястото.“

**« Et il oubliera beaucoup plus facilement la période
intermédiaire. »**

„И той ще забрави междинния период много по-лесно.“

En entendant ces mots, Gregor réalisa quelque chose.

Когато Грегор чу тези думи, той осъзна нещо.

**Son esprit était devenu confus au cours des deux derniers
mois.**

През последните два месеца умът му се беше объркал.

**Le manque d'interactions humaines ne lui avait pas fait de
bien.**

Липсата на човешко взаимодействие не му се отрази
добре.

**Il avait vraiment besoin de la vie monotone au sein de sa
famille.**

Той наистина се нуждаеше от монотонния живот сред семейството си.

Pourquoi aurait-il formulé une demande aussi absurde autrement ?

Защо иначе би отправил такова безсмислено искане?

Quel sens pouvait-il y avoir à vider sa chambre ?

Какъв смисъл имаше да изпразва стаята си?

La chambre confortable est meublée de meubles hérités.

Уютната стая е обзаведена с наследени мебели.

Pourquoi voudrait-il transformer cette chaleur familière en une grotte ?

Защо би искал да превърне тази позната топлина в пещера?

Une grotte où il pouvait ramper en toute tranquillité dans toutes les directions.

Пещера, където можеше да пълзи спокойно във всички посоки.

Mais une grotte où il oublia rapidement son passé humain.

Но пещера, в която той бързо забрави човешкото си минало.

Il se demandait s'il était déjà sur le point d'oublier.

Трябваше да се зачуди дали вече е близо до забравянето.

La voix de sa mère l'avait secoué et lui avait fait se souvenir.

Гласът на майка му го разтърси и го накара да си спомни.

La voix qu'il n'avait pas entendue depuis si longtemps.

Гласът, който не беше чувал от толкова дълго време.

Il ne fallait rien enlever ; tout devait rester.

Нищо не трябваше да се премахва; всичко трябваше да остане.

Le mobilier a eu un effet positif sur son état.

Мебелите наистина повлияха положително на състоянието му.

Et il ne pouvait pas s'en sortir sans ce lien avec le passé.

И той не можеше да се справи без тази котва, свързана с миналото.

Les meubles l'empêchaient de ramper sans but.

Мебелите му пречеха да пълзи безсмислено наоколо.

Mais ce n'était pas une perte ; c'était au contraire un grand avantage.

Но това не беше загуба, а по-скоро голямо предимство.

Malheureusement, sa sœur avait un avis très différent.

За съжаление сестрата беше на съвсем различно мнение.

Elle était en quelque sorte devenue la porte-parole de Gregor.

Тя донякъде се беше превърнала в говорител на Грегор.

Bien sûr, son opinion n'était pas totalement injustifiée.

Разбира се, мнението ѝ не беше напълно неоснователно.

Mais l'opinion de sa mère devait être contredite ici.

Но мнението на майка ѝ трябваше да бъде опровергано тук.

Il ne s'agissait plus seulement d'enlever la boîte.

Не само кутията трябваше да бъде премахната сега.

Son bureau et son armoire ne pouvaient pas rester en place non plus.

Бюрото му и гардеробът също не можеха да останат.

La seule chose indispensable était le canapé.

Единственото незаменимо нещо беше диванът.

Elle n'a pas pris cette décision par simple rébellion enfantine.

Тя не реши това просто от детинско неподчинение.

Ce n'était pas non plus sa confiance en soi récemment acquise.

Не беше и наскоро придобитата ѝ самоувереност.

La nouvelle confiance qu'elle avait acquise lui a permis de travailler si dur pour gagner.

Новата увереност, за която трябваше да работи толкова усилено.

Même si personne ne s'attendait à ce qu'elle y parvienne.

Въпреки че никой не е очаквал, че тя ще може да го направи.

Gregor avait vraiment besoin de beaucoup d'espace pour ramper.

Грегор наистина се нуждаеше от много място, за да пълзи.

Le mobilier ne faisait que réduire l'espace dont il disposait.

Мебелите само ограничаваха пространството, с което разполагаше.
Elle était capable de mieux voir ces choses que sa mère.
Тя можеше да вижда тези неща по-добре от майката.
Mais peut-être que son esprit romantique a aussi joué un rôle.
Но може би романтичният ѝ дух също е изиграл роля.
Les filles de cet âge acquièrent souvent un certain enthousiasme.
Момичетата на тази възраст често придобиват известен ентусиазъм.
Et ils éprouvent le besoin d'obtenir ce qu'ils veulent chaque fois qu'ils le peuvent.
И чувстват нужда да постигнат своето, когато могат.
C'est peut-être pour cela qu'elle voulait le saboter en secret.
Може би затова е искала тайно да го саботира.
Il est encore plus terrifiant lorsqu'il rampe sur les murs.
Той е още по-страшен, когато пълзи по стените.
Les parents n'osaient plus entrer dans la pièce.
Родителите вече не смееха да влязат в стаята.
Elle serait véritablement la seule à prendre soin de son frère.
Тя наистина щеше да бъде единствената грижеща се за брат си.
Elle ne laissa pas sa mère la persuader du contraire.
Тя не позволи на майка си да я убеди в противното.
La mère de Gregor se sentait déjà mal à l'aise dans la pièce.
Майката на Грегор вече се чувстваше неспокойно в стаята.
Elle cessa bientôt de parler et aida de nouveau sa fille.
Тя скоро спря да говори и отново помогна на дъщеря си.
Avec leurs forces restantes, ils ont enlevé l'armoire.
С останалите си сили те премахнаха гардероба.
La commode, il pouvait s'en passer.
Скринът беше нещо, без което можеше да се справи.
Mais le bureau allait devoir rester en place pour le moment.
Но бюрото щеше да трябва да остане засега.
Pendant l'absence des femmes, il tenta d'évaluer la pièce.
Докато жените ги нямаше, той се опита да огледа стаята.

Et Gregor passa la tête sous le canapé.
И Грегор подаде глава изпод дивана.
Il devait voir ce qu'il pouvait faire face à la situation.
Трябваше да види какво може да направи по отношение
на ситуацията.
Mais il a été aussi prudent et attentionné que possible.
Но той беше максимално внимателен и внимателен.
Malheureusement, c'est la mère qui est revenue la première.
За съжаление, майката се върна първа.
**Grete était encore en train de déplacer l'armoire dans la
pièce voisine.**
Грете все още местеше гардероба в съседната стая.
Mais la mère n'était pas habituée à la vue de Gregor.
Но майката не беше свикнала с гледката на Грегор.
Un simple aperçu de lui aurait pu la rendre malade.
Дори само един поглед към него можеше да ѝ прилошее.
**Gregor recula précipitamment jusqu'à l'autre bout du
canapé.**
Грегор забърза назад към другия край на дивана.
**Mais il ne pouvait pas reculer et maintenir le drap en
équilibre.**
Но не можеше да се отдръпне и да запази равновесие
върху чаршафа.
Ce mouvement suffit à attirer l'attention de la mère.
Движението беше достатъчно, за да привлече вниманието
на майката.
Elle marqua une pause et resta immobile un bref instant.
Тя се спря и замълча за кратък миг.
Puis elle se retourna et sortit de la pièce.
След това тя се обърна и отново излезе от стаята.
**Gregor se répétait sans cesse que rien d'inhabituel ne s'était
produit.**
Грегор непрекъснато си повтаряше, че не се е случило
нищо необичайно.
« Ce ne sont que quelques meubles qui ont été emportés. »
„Това са просто някои мебели, които са били изнесени.“

Mais il dut bientôt admettre que ces événements l'avaient affecté.

Но скоро трябваше да признае, че събитията са го засегнали.

Les femmes disaient tout ce qu'elles faisaient.

Жените разказваха всичко, което правеха.

Ils faisaient des allers-retours dans la pièce.

Те се разхождаха напред-назад из стаята.

Le bruit des meubles qui grattent le sol.

Драскането на всички мебели по пода.

Il avait l'impression d'être assailli de toutes parts.

Чувстваше се сякаш е нападнат от всички страни.

Il replia sa tête et ses jambes aussi fort qu'il le put.

Той придърпа главата и краката си колкото можеше по-плътно.

De toutes ses forces, il plaqua son corps au sol.

С всички сили той притисна тялото си към земята.

Il savait qu'il ne pourrait pas supporter tout cela encore longtemps.

Той знаеше, че не може да търпи всичко това дълго.

Ils ont vidé sa chambre et ont pris tout ce qu'il aimait.

Изчистиха стаята му и взеха всичко, което обичаше.

Ils avaient déjà pris la boîte contenant tous ses outils.

Те вече бяха взели кутията, съдържаща всичките му инструменти.

Ils étaient en train de déloger son lourd bureau du sol.

Сега те разхлабваха тежкото му бюро от земята.

Le bureau sur lequel il avait travaillé en rentrant du travail.

Бюрото, на което беше работил, след като се беше върнал от работа.

Le bureau sur lequel il avait noté ses missions professionnelles.

Бюрото, на което беше написал служебните си задачи.

Le bureau sur lequel il avait fait ses devoirs au collège.

Бюрото, на което си беше писал домашните в средното училище.

Oui, il avait déjà eu ce bureau à l'école primaire.

Да, той вече беше имал това бюро в началното училище.
Il n'a vraiment pas eu le temps de vérifier leurs bonnes intentions.
Той наистина нямаше време да потвърди добрите им намерения.
Bien qu'il ait presque oublié leur présence.
Въпреки че почти беше забравил, че така или иначе са там.
Parce qu'ils travaillaient en silence, épuisés.
Защото работеха мълчаливо, поради изтощение.
Ils étaient trop fatigués pour annoncer leurs mouvements maintenant.
Бяха твърде уморени, за да обявят движенията си сега.
Il n'entendait que leurs lourds pas sur le sol.
Чуваше само тежките им стъпки по пода.
À ce moment précis, ils étaient appuyés contre la boîte.
Точно в този момент те се бяха облегнали на кутията.
Et c'est alors que Gregor est sorti de sous le canapé.
И точно тогава Грегор излезе изпод дивана.
Il a changé de direction à quatre reprises.
Той промени посоката, в която тичаше, четири пъти.
Il n'arrivait pas à se décider quel objet sauver en premier.
Той не можеше да реши кой предмет трябва да бъде спасен първо.
Soudain, son attention fut attirée par le mur vide.
Внезапно вниманието му беше привлечено от празната стена.
Ils ne lui avaient laissé que la photo de la dame en fourrure.
Всичко, което му бяха оставили, беше снимката на дамата с козина.
Il rampa jusqu'à la photo pour coller son corps contre le sien.
Той пропълзя до картината, за да притисне тялото си към нея.
Et son corps masquait complètement la vue de la photo.
И тялото му напълно закриваше гледката към картината.
Le verre le soutenait et apaisait son ventre brûlant.

Чашата го държеше изправен и успокояваше горещия му корем.

On ne pouvait plus lui enlever cette photo.

Тази снимка вече не можеше да му бъде взета.

Puis il tourna la tête vers la porte du salon.

След това той обърна глава към вратата на хола.

Il allait les regarder retourner dans la pièce.

Той щеше да наблюдава как жените се връщат в стаята.

Et ils ne se reposèrent pas longtemps avant de revenir.

И не починаха дълго, преди да се върнат отново.

Grete avait le bras autour de sa mère pour l'aider à marcher.

Ръката на Грете беше около майка ѝ, за да ѝ помогне да ходи.

« Que prenons-nous maintenant ? » demanda Grete en regardant autour d'elle.

„Какво ще вземем сега?“ – каза Грете и се огледа.

À ce moment précis, son regard croisa celui de Gregor.

Точно в този момент погледът ѝ срещна очите на Грегор.

Malgré le choc, elle a gardé son sang-froid.

Въпреки шока, тя запази присъствие на духа.

Probablement uniquement à cause de la présence de sa mère.

Вероятно само заради присъствието на майка ѝ.

Elle pencha le visage vers sa mère, lui cachant la vue.

Тя наведе лице към майка си, закривайки гледката си.

Et puis elle dit, d'une voix tremblante et sans réfléchir :

И тогава тя каза, макар и трепереща и безразсъдна:

«Allez, on ne devrait pas retourner au salon ?»

„Хайде, не трябва ли да се върнем в хола?“

Gregor comprenait aisément les intentions de sa sœur.

Грегор лесно можеше да разбере намеренията на сестрата.

Sa priorité absolue était de mettre sa mère en sécurité.

Първата ѝ задача беше да доведе майка си на сигурно място.

Mais ensuite, elle allait le poursuivre depuis le mur.

Но тогава тя щеше да го подгони от стената.

« Eh bien, elle peut toujours essayer ! » pensa Gregor.

„Е, тя със сигурност може да опита!", помисли си Грегор наум.

Il s'assit fermement sur son tableau et ne le lâcha pas.

Той седеше здраво на снимката си и не я изоставяше.

Il aurait préféré sauter au visage de sa sœur.

По-скоро би скочил в лицето на сестрата.

Mais les paroles de Grete avaient encore plus inquiété sa mère.

Но думите на Грете разтревожиха майка ѝ още повече.

Elle s'écarta pour voir ce qu'on lui cachait.

Тя се отдръпна, за да види какво се крие от нея.

Et elle vit la tache brune sur le papier peint à fleurs.

И тя видя кафявото петно върху тапета на цветя.

Et elle a crié avant même de réaliser que c'était Gregor.

И тя изкрещя, преди дори да осъзнае, че това е Грегор.

« Oh mon Dieu ! » hurla-t-elle en tendant les bras.

„О, Боже", изкрещя тя с протегнати ръце.

Et elle s'est effondrée sur le canapé comme si elle avait renoncé.

И тя падна на дивана, сякаш се беше предала.

« Gregor ! » cria sa sœur en levant le poing.

„Грегор!" извика сестрата към него с вдигнат юмрук.

Et elle lui lança un regard long, dur et pénétrant.

И тя му отправи дълъг, твърд и пронизващ поглед.

C'était la première fois qu'elle lui parlait directement.

Това беше първият път, когато тя говореше директно с него.

Elle a couru dans la pièce voisine pour aller chercher des sels d'ammoniaque.

Тя изтича в съседната стая, за да вземе малко ароматизиращи соли.

Elle devait ramener sa mère à la conscience.

Трябваше да върне майка си в съзнание.

Gregor voulait aider, il pourrait sauvegarder la photo plus tard.

Грегор искаше да помогне, можеше да запази снимката по-късно.

Mais il s'était solidement collé à la vitre.

Но той се беше здраво залепил за стъклото.

Il a donc dû s'arracher à ce point en utilisant beaucoup de force.

Затова трябваше да се откъсне, използвайки много сила.

Il courut lui aussi dans la pièce voisine, où se trouvait sa sœur.

Той също изтича в съседната стая, където беше сестрата.

Autrefois, il aurait pu lui donner quelques conseils.

В миналото можеше да й даде някакъв съвет.

Mais à présent, il ne pouvait rien faire d'autre que rester là, impuissant, et regarder.

Но сега не можеше да направи нищо друго, освен да стои безучастно и да наблюдава.

Elle fouilla dans le tiroir, ouvrant diverses bouteilles.

Тя рових из чекмеджето, отваряйки различни бутилки.

Et il lui faisait encore peur quand elle se retournait.

И той все още я плашеше, когато се обърна.

Une bouteille est tombée par terre, s'est cassée et a éclaté.

Бутилка падна на пода, счупи се и се разби на трески.

Un éclat de verre a frappé Gregor au visage et l'a blessé.

Стъклено парче удари лицето на Грегор и го нарани.

La bouteille contenait une sorte de liquide caustique.

Бутилката съдържаше някаква разяждаща течност.

Et maintenant, le liquide corrosif brûlait le visage de Gregor.

И сега корозивната течност пареше лицето на Грегор.

Sa sœur, cependant, n'avait pas de temps à consacrer à Gregor pour le moment.

Сестрата обаче нямаше време за Грегор в момента.

Elle ramassa autant de bouteilles qu'elle put.

Тя събра колкото се може повече от бутилките.

Et elle est retournée en courant vers sa mère avec les médicaments.

И тя се затича обратно при майка си с лекарството.

Elle claqua la porte du pied, empêchant Gregor d'entrer.

Тя затръшна вратата с крак, изтръгвайки Грегор навън.

Il était désormais coupé de sa mère, potentiellement mourante.

Сега той беше откъснат от потенциално умиращата си майка.

S'il ouvrait la porte, il chasserait sa sœur.

Ако отвореше вратата, щеше да прогони сестрата.

Mais bien sûr, elle devait rester pour s'occuper de sa mère.

Но разбира се, тя трябваше да остане, за да се грижи за майката.

Il ne pouvait plus rien faire d'autre qu'attendre.

Нямаше какво друго да направи сега, освен да ги чака.

Rongé par les remords et l'anxiété, il se mit à ramper.

Измъчван от самоугризения и безпокойство, той започна да пълзи.

Il rampait partout : sur les murs, les meubles, le plafond.

Той пълзеше навсякъде; по стените, мебелите, тавана.

Il avait l'impression que toute la pièce tournait autour de lui.

Имаше чувството, че цялата стая се върти около него.

Finalement, désespéré et pris de vertiges, il retomba.

Накрая, отчаян и замаян, той падна обратно.

Et il est tombé directement sur la grande table de la salle à manger.

И той падна точно върху голямата маса в трапезарията.

Il resta allongé là un certain temps, engourdi et incapable de bouger.

Той прекара известно време, лежейки там, вцепенен и неспособен да се движи.

Il était épuisé par tout ce que cette journée lui avait apporté.

Беше изтощен от всичко, което този ден му донесе.

Le silence régnait partout, mais c'était peut-être bon signe.

Навсякъде беше тихо, но може би това беше добър знак.

Puis, brisant le silence, la sonnette retentit à l'extérieur.

Тогава, нарушавайки тишината, звънецът на вратата отвън иззвъня.

La bonne, bien sûr, s'était enfermée dans sa cuisine.

Прислужницата, разбира се, се беше заключила в кухнята си.

La sœur était donc la seule à pouvoir ouvrir la porte.

Така че сестрата беше единствената, която можеше да отвори вратата.

« Que s'est-il passé ? » fut la première question du père.

„Какво се случи?" беше първото нещо, което попита бащата.

L'apparence de Grete lui avait probablement tout dit.

Видът на Грете вероятно му беше казал всичко.

La voix de Grete devint étouffée et monotone tandis qu'elle parlait.

Гласът на Грете стана приглушен и глух, докато говореше.

Elle a dû enfouir son visage contre la poitrine de son père.

Сигурно е притиснала лице към гърдите на баща си.

« Maman était inconsciente, mais elle va mieux maintenant. »

„Майка ми беше в безсъзнание, но сега се чувства по-добре."

« Gregor s'est échappé », a-t-elle ajouté, ce à quoi il s'attendait.

„Грегор е избягал", добави тя, което той очакваше.

« Je vous l'ai toujours dit, il allait s'échapper un jour. »

„Винаги съм ти казвал, че един ден ще избяга."

« Mais vous, les femmes, vous ne vouliez pas m'écouter, n'est-ce pas ? »

„Но вие, жени, не искахте да ме слушате, нали?"

Gregor comprit rapidement comment son père verrait les choses.

Грегор бързо осъзна как баща му би видял нещата.

Il avait mal interprété le message trop bref de Grete.

Той беше разтълкувал погрешно прекалено краткото послание на Грете.

Il supposa que Gregor avait commis un acte de violence.

Той предположи, че Грегор е извършил някакъв акт на насилие.

Gregor devait trouver un moyen d'apaiser son père d'une manière ou d'une autre.

Грегор трябваше да намери начин да умилостиви баща си по някакъв начин.

Parce qu'il n'avait pas le temps de lui expliquer les choses.

Защото нямаше време да му обясни нещата.

Mais de toute façon, il n'aurait pas été capable d'expliquer les choses.

Но така или иначе нямаше да може да обясни нещата.

Il s'est donc enfui vers la porte et s'y est plaqué.

Затова той избяга към вратата и се притисна към нея.

Ainsi, son père pourrait le voir depuis l'antichambre.

По този начин баща му можеше да го види от преддверието.

Et il pourrait constater qu'il avait les meilleures intentions.

И щеше да може да види, че има най-добри намерения.

Il n'était pas nécessaire de le repousser avec un balai.

Нямаше нужда да го бутат назад с метла.

Il aurait suffi que le père ouvre la porte.

Всичко, което бащата трябваше да направи, беше да отвори вратата.

Mais il n'était pas d'humeur à remarquer de telles subtilités.

Но той нямаше настроение да забелязва подобни тънкости.

« Te voilà ! » s'exclama-t-il dès qu'il entra.

„Ето ви!“, възкликна той веднага щом влезе.

C'était comme s'il était à la fois en colère et heureux.

Сякаш беше едновременно ядосан и щастлив.

Il recula la tête et leva les yeux vers son père.

Той отметна глава назад и погледна бащата.

Il n'avait pas imaginé son père debout là, dans cette position.

Не си беше представял баща си да стои там така.

Mais ces derniers temps, il s'était trouvé une nouvelle distraction.

Но напоследък той си беше намерил ново развлечение.

Ramper occupait désormais une grande partie de sa journée.

Пълзенето сега заемаше голяма част от деня му.

Auparavant, il se tenait au courant de toutes les nouvelles dans l'appartement.

Преди това той следеше всички новини в апартамента.
Mais ces derniers temps, il n'y avait pas prêté beaucoup d'attention.
Но напоследък не беше обръщал толкова много внимание.
Il aurait dû se préparer à faire face aux changements.
Той трябваше да е подготвен за промени.
Pour autant, cet homme qui se tenait devant lui était-il encore son père ?
Въпреки това, този мъж пред него все още ли беше бащата?
Était-ce le même homme qui avait l'habitude de rester allongé, fatigué, dans son lit ?
Дали беше същият човек, който преди лежеше уморен в леглото си?
Alors que Gregor était déjà parti en voyage d'affaires.
Когато Грегор вече беше заминал в командировка.
Était-ce le même homme qui le saluait le soir ?
Дали беше същият човек, който го поздравяваше вечер?
Lorsqu'il était en robe de chambre, dans son fauteuil.
Когато беше по халат в креслото си.
Était-ce le même homme qui n'avait pas pu se lever pour l'accueillir ?
Дали беше същият човек, който не можеше да стане, за да го посрещне?
Restant assis, il leva le bras en signe de joie.
И така, оставайки седнал, той вдигна ръка в знак на радост.
Était-ce le même homme avec qui il faisait parfois des promenades ?
Дали беше същият човек, с когото ходеше на разходки от време на време?
Exceptionnellement : quelques dimanches par an, ou les jours fériés.
В редки случаи: няколко недели в годината или празници.
Était-ce le même homme qui marchait, enveloppé dans son pardessus ?
Дали беше същият човек, който ходеше, увит в палтото си?

S'est-il lentement avancé, entre la mère et lui ?

Дали бавно се е придвижвал напред, между майката и него?

Et ils marchaient déjà lentement à cause de lui.

И те вече вървяха бавно заради него.

Mais à présent, cet homme se tenait droit et fort.

Но сега този мъж стоеше силен и изправен.

Il portait un uniforme bleu à boutons dorés.

Той беше облечен в синя униформа със златни копчета.

Les badges que portent les employés des institutions bancaires.

Копчета, които носят служителите на банковите институции.

Au-dessus du col rigide, son double menton prononcé se dessinait.

Над твърдата яка се очертаваше силната му двойна брадичка.

Sous ses sourcils broussailleux, ses yeux noirs fixaient le vide.

Под гъстите му вежди гледаха черните му очи.

À présent, ses yeux paraissaient perçants, frais et alertes.

Сега очите му изглеждаха пронизителни, свежи и бдителни.

Les cheveux blancs, auparavant ébouriffés, étaient désormais peignés.

Разрошената преди това бяла коса беше сресана надолу.

Et ses cheveux étaient désormais coiffés d'une raie centrale méticuleuse.

И косата му сега беше старателно разделена в центъра.

Il jeta son chapeau, orné d'un monogramme en or.

Той хвърли шапката си, върху която беше прикрепен златен монограм.

Il s'agissait probablement du monogramme de la banque pour laquelle il travaillait.

Вероятно това беше монограмът на банката, за която работеше.

Et le chapeau atterrit sur le canapé, pour être rangé plus tard.

И шапката кацна на дивана, за да бъде прибрана по-късно.

Il repoussa le bas de sa longue veste d'uniforme.

Той отметна назад долната част на дългото си униформено яке.

Et il mit ses pouces dans les poches de son pantalon.

И той пъхна палци в джобовете на панталоните си.

Puis, le visage sombre, il s'avança vers Gregor.

И тогава, с мрачно лице, той тръгна към Грегор.

Il ne savait probablement même pas ce qu'il comptait faire.

Вероятно дори не е знаел какво планира да направи.

Mais il leva néanmoins les pieds exceptionnellement haut.

Но въпреки това той вдигна краката си необичайно високо.

Gregor était stupéfait par la taille énorme de ses bottes.

Грегор беше изумен от огромния размер на ботушите си.

Mais il n'y avait vraiment pas le temps de s'extasier devant ses chaussures.

Но наистина нямаше време да се възхищава на обувките му.

Le père avait opté pour une discipline très stricte.

Бащата беше решил да приложи много строга дисциплина.

Seule la plus grande sévérité convenait à Gregor.

Само най-голямата строгост беше подходяща за Грегор.

Il le savait dès le premier jour de sa transformation.

Той знаеше това от първия ден на трансформацията си.

Il courut vers son père et s'arrêta quand celui-ci s'arrêta.

Той се затича към баща си и спря, когато и той спря.

Il se précipita de nouveau vers lui lorsqu'il bougea à nouveau.

Той отново се затича към него, когато той отново се раздвижи.

Le père marqua une pause, et Gregor fit de même.

Бащата се спря за момент, както и Грегор.

Et il se précipita de nouveau en avant dès que son père eut bougé.

И той отново се втурна напред веднага щом баща му се раздвижи.

Ils firent ainsi plusieurs fois le tour de la pièce.

По този начин те обиколиха стаята няколко пъти.

Aucun avantage décisif n'avait encore été obtenu par qui que ce soit.

Все още никой не беше постигнал решаващо предимство.

On n'aurait pas pu avoir l'impression d'une poursuite.

Човек не би могъл да остане с впечатлението, че е преследван.

Parce que tout l'événement se déroulait beaucoup trop lentement.

Защото цялото събитие се случваше твърде бавно.

Gregor avait décidé de rester au sol.

Грегор беше решил да остане на земята.

Il aurait pu courir le long des murs et du plafond.

Можеше да тича по стените и по тавана.

Mais il ne voulait pas provoquer inutilement le père.

Но не искаше да провокира бащата излишно.

Une telle évasion aurait pu paraître particulièrement perverse.

Подобно бягство можеше да изглежда особено зловещо.

Gregor admit que cette poursuite ne pourrait pas durer beaucoup plus longtemps.

Грегор призна, че това преследване не може да продължи дълго.

Chaque étape nécessitait une myriade de mouvements.

Всяка стъпка трябваше да бъде посрещната с безброй движения.

Il commençait déjà à avoir le souffle court.

Той вече започваше да усеща задух.

Même avant cela, il n'avait jamais eu des poumons totalement fiables.

Дори преди това той никога не е имал напълно надеждни бели дробове.

Il avançait en titubant, économisant ses forces pour la course.

Той се олюляваше, пазейки силите си за бягането.
Il était si fatigué qu'il avait du mal à garder les yeux ouverts.
Беше толкова уморен, че едва можеше да държи очите си отворени.
Ses pensées étaient devenues trop lentes pour qu'il puisse envisager d'autres solutions.
Мислите му се забавиха твърде много, за да мисли за други бягства.
Il avait presque oublié que les murs étaient à sa disposition.
Той почти беше забравил, че стените са му достъпни.
Mais les murs étaient de toute façon dissimulés derrière des meubles.
Но стените така или иначе бяха скрити зад мебели.
Et les meubles avaient trop d'encoches et de saillies.
И мебелите имаха твърде много прорези и издатини.
Et puis, juste à côté de lui, en roulant, il y avait une pomme.
И тогава, точно до него, търкаляйки се, имаше една ябълка.
Il réalisa que la pomme avait dû lui être lancée.
Ябълката сигурно е била хвърлена по него, осъзна той.
Mais il n'eut pas le temps de réfléchir qu'une autre pomme arriva.
Но той нямаше време да мисли, преди да дойде друга ябълка.
Gregor resta figé, sous le choc de la nouvelle stratégie de son père.
Грегор замръзна шокиран от новата стратегия на бащата.
Il ne pouvait plus rien gagner à essayer de fuir.
Вече не можеше да спечели нищо от опитите си да бяга.
Le père avait décidé de le bombarder de fruits.
Бащата беше решил да го бомбардира с плодове.
Il avait rempli ses poches avec les fruits du bol de la cuisine.
Беше си напълнил джобовете от купата с плодове в кухнята.
Sans viser particulièrement, il lançait pomme après pomme.
Без особено да се цели, той хвърляше ябълка след ябълка.
Ces petites pommes rouges roulaient sur le sol.

Тези малки червени ябълки се търкаляха по земята.
Comme électrifiées, les pommes se heurtèrent les unes aux autres.
Сякаш наелектризирани, ябълките се блъскаха една в друга.
Une des pommes, lancée mollement, a effleuré le dos de Gregor.
Една от слабо хвърлените ябълки одраска гърба на Грегор.
Heureusement pour lui, la pomme a glissé sans le blesser.
За негов късмет, ябълката се изплъзна безобидно.
Cependant, la pomme lancée ensuite était plus précise.
Хвърлената след това ябълка обаче беше по-точна.
Et cette pomme s'est logée profondément dans le dos de Gregor.
И тази ябълка се заби дълбоко в гърба на Грегор.
Gregor voulait s'éloigner de la douleur.
Грегор искаше да се откъсне от болката.
Peut-être pourrait-on échapper à cette nouvelle douleur inimaginable.
Може би тази нова, невероятна болка би могла да бъде избегната.
Un changement d'endroit pourrait peut-être soulager son supplice.
Може би смяната на мястото щеше да облекчи мъките му.
Mais il avait l'impression d'être cloué au sol.
Но той се чувстваше сякаш е прикован към пода.
Il s'étira, mais seulement à cause de sa confusion.
Той се протегна, но само поради объркването си.
Ce n'est qu'à son dernier regard qu'il vit la porte s'ouvrir.
Едва с последния си поглед видя как вратата се отваря.
La mère s'est précipitée devant sa sœur qui hurlait.
Майката се втурна пред крещящата сестра.
Sa sœur l'avait déshabillée, elle était donc encore en chemise.
Сестрата я беше съблекла, така че беше по риза.
Elle avait besoin de respirer pendant son inconscience.
Тя имаше нужда от глътка въздух в безсъзнанието си.

Il voyait encore la mère courir vers le père.

Той все още виждаше как майката тича към бащата.

Ses jupes glissèrent au sol, l'une après l'autre.

Полите й се свличаха на земята, една след друга.

Il la vit s'approcher du père et trébucher sur sa jupe.

Той я видя как се приближава към бащата и се спъва в полата си.

L'enlaçant, elle demanda qu'on épargne la vie de Gregor.

Прегръщайки го, тя помоли да пощади живота на Грегор.

En parfaite harmonie avec son corps, sa vue s'est éteinte.

В пълен съюз с тялото си, зрението му отслабна.

Troisième partie
Част трета

Gregor a souffert de cette grave blessure pendant plus d'un mois.

Грегор страдаше от тежката травма повече от месец.

La pomme restait incrustée ; personne n'osait l'enlever.

Ябълката остана забита; никой не посмя да я извади.

La pomme restait plantée dans sa chair comme un rappel visible.

Ябълката остана в плътта му като видимо напомняне.

Mais la pomme servait aussi de rappel au père.

Но ябълката служила и като напомняне на бащата.

Il comprit que Gregor ne devait pas être traité comme un ennemi.

Той осъзна, че Грегор не бива да бъде третиран като враг.

Actuellement, son apparence pourrait être triste et repoussante.

В момента външният му вид може да е тъжен и отвратителен.

Mais il restait néanmoins un membre de leur famille.

Но въпреки това, той все още беше член на семейството им.

Il a fallu accepter et tolérer cette réticence.

Неохотата трябваше да бъде преглътната и толерирана.

En raison de sa blessure, il risque fort de perdre sa mobilité à jamais.

Поради раната му, мобилността му може да бъде загубена завинаги.

Il continuait à ramper dans sa chambre, mais beaucoup plus lentement.

Той все още пълзеше из стаята си, но много по-бавно.

Ramper à une quelconque hauteur était hors de question.

Пълзенето на каквато и да е височина беше изключено.

Mais Gregor a bien reçu une forme de compensation.

Но Грегор все пак получи някаква форма на обезщетение.

Le soir, la porte du salon lui fut ouverte.

Вечерта вратата на хола му беше отворена.
Et il estimait que ces réparations étaient tout à fait adéquates.
И той смяташе, че тези репарации са напълно адекватни.
Avant le soir, il avait déjà commencé à surveiller la porte.
Преди вечерта той вече започна да наблюдава вратата.
Il était allongé dans l'obscurité, invisible depuis le salon.
Той лежеше в тъмнината, невидим от хола.
Il pouvait voir toute la famille à la table illuminée.
Той можеше да види цялото семейство на осветената маса.
Il était désormais autorisé à écouter leurs conversations.
Сега му беше позволено да слуша разговорите им.
C'était très différent de leur arrangement précédent.
Това беше доста различно от предишното им споразумение.
Les conversations animées d'autrefois étaient terminées.
Оживените разговори от по-ранните времена бяха приключили.
C'étaient ces conversations qu'il désirait tant.
Това бяха разговорите, за които копнееше.
Lorsqu'il dormait seul dans de petites chambres d'hôtel.
Когато спеше сам в малки хотелски стаи.
Quand il a dû se jeter dans les draps humides.
Когато трябваше да се хвърли върху мокрите завивки.
Mais les soirées étaient désormais généralement calmes et sans incident.
Но вечерите сега бяха предимно тихи и безпроблемни.
Le père s'est endormi dans son fauteuil après le dîner.
Бащата заспа в креслото си след вечеря.
Et la mère et la sœur s'exhortaient mutuellement à se taire.
И майката и сестрата се подканяха една друга да мълчат.
La mère, penchée très haut sur la lampe, cousait du lin.
Майката, наведена високо над светлината, шиеше лен.
Elle confectionne maintenant des robes pour l'un des magasins de mode.
Сега тя шие рокли за един от модните магазини.

Comme Gregor, sa sœur avait trouvé un emploi de vendeuse.

Подобно на Грегор, сестрата беше започнала работа като продавачка.

Elle apprenait la sténographie et le français le soir.

Вечер тя учеше стенография и френски.

Afin qu'elle puisse peut-être obtenir un meilleur poste plus tard.

За да може по-късно да си намери по-добра работа.

Parfois, le père se réveillait de sa sieste du soir.

Понякога бащата се събуждаше от вечерните си дрямки.

« Chérie, tu as déjà cousu tellement longtemps aujourd'hui ! »

„Скъпа, днес вече шиеш от толкова дълго!"

Il semblait avoir oublié qu'il dormait.

Изглеждаше сякаш забравил, че е спал.

Mais il retombait aussitôt dans son sommeil.

Но той веднага отново потъна в сън.

Et la mère et la sœur s'échangèrent un sourire las.

И майката и сестрата се усмихнаха уморено една на друга.

Le père avait développé une étrange nouvelle obstination.

Бащата беше развил странен нов инат.

Même chez lui, il refusait d'enlever son uniforme de domestique.

Дори у дома той отказваше да свали униформата си на слуга.

Et son peignoir pendait inutilement sur le cintre.

А халатът му висеше безполезно на закачалката.

Le père dormit donc, tout habillé, dans son fauteuil.

И така, бащата спеше, напълно облечен, в креслото си.

C'était comme s'il était toujours prêt à rendre service.

Сякаш винаги беше готов да си свърши работата.

Comme s'il attendait simplement la voix de son supérieur.

Сякаш само чакаше гласа на началника си.

Cela a eu pour conséquence que son uniforme a perdu sa propreté.

Това доведе до това униформата му да загуби чистотата си.

Bien que l'uniforme ne fût pas neuf lorsqu'il l'a reçu.

Въпреки че униформата също не беше нова, когато я получи.

Et la mère faisait de son mieux pour prendre soin de l'uniforme.

И майката правеше всичко възможно да се грижи за униформата.

Gregor passait des soirées entières à contempler cet uniforme.

Грегор прекарваше цели вечери, гледайки тази униформа.

Il observa le vieil homme dormir très mal.

Той наблюдаваше как старецът спеше крайно неудобно.

Mais dans son sommeil, il remarqua aussi quelque chose de paisible.

Но в съня си той забеляза и нещо спокойно.

Lorsque l'horloge a sonné dix heures, la mère a essayé de le réveiller.

Когато часовникът удари десет, майката се опита да го събуди.

Elle lui parla doucement et le persuada d'aller se coucher.

Тя говореше тихо и го убеди да си легне.

Parce que dormir sur un fauteuil, ce n'était pas du vrai sommeil.

Защото спането на фотьойла не беше истински сън.

Il allait devoir commencer à travailler à six heures.

Щеше да трябва да започне работа в шест часа.

Il avait donc vraiment besoin de dormir le mieux possible.

Така че наистина имаше нужда да се наспите възможно най-добре.

Mais il était pris d'une nouvelle forme d'obstination.

Но той беше обзет от нова форма на инат.

Le fait de devenir serviteur avait commencé à avoir cet effet sur lui.

Това, че стана слуга, беше започнало да му оказва това влияние.

Il insistait donc toujours pour rester plus longtemps à table.

Затова той винаги настояваше да остане по-дълго на масата.

Bien qu'il se rendormît régulièrement dans son fauteuil.

Въпреки че редовно заспиваше отново на стола си.

Et il ne pouvait être déplacé qu'avec la plus grande difficulté.

И той можеше да бъде преместен само с най-големи трудности.

Il a fallu lui dire que ce lit lui conviendrait mieux.

Трябваше да му се каже, че леглото ще е по-добро за него.

La mère et la sœur ont dû insister, malgré quelques avertissements.

Майка и сестра трябваше да настояват с малки предупреждения.

Pendant quinze minutes, il se contenta de secouer lentement la tête.

В продължение на петнадесет минути той само бавно поклащаше глава.

Et il garda les yeux fermés et refusa de se lever.

И той държеше очите си затворени и отказваше да стане.

La mère tira doucement, mais fermement, sur sa manche.

Майката го дръпна за ръкава, нежно, но твърдо.

Et elle lui murmurait des mots flatteurs à l'oreille, encore fatiguée.

И тя прошепна ласкателни думи в уморените му уши.

La sœur a interrompu sa tâche pour aider sa mère.

Сестрата напуснала работата, която била вършила, за да помогне на майка си.

Mais aucun de leurs efforts n'a fonctionné sur le père.

Но нито едно от усилията им не подейства на бащата.

Il s'enfonça encore plus profondément dans son fauteuil, prêt à dormir.

Той потъна още по-дълбоко в стола си, приготвен да заспи.

Et finalement, les femmes l'ont attrapé sous les aisselles.

И накрая жените го хванаха под мишниците.

Il ouvrit les yeux et les regarda tour à tour.

Той отвори очи и ги погледна ту едно след друго.

« Quelle vie ! » se plaignit-il en allant se coucher.

„Какъв живот е това", оплака се той, лягайки си.

« Est-ce là la paix qui m'a été accordée dans ma vieillesse ? »

„Това ли е спокойствието, което ми беше дадено в напреднала възраст?"

Mais alors, s'appuyant sur les deux femmes, il se leva maladroitement.

Но след това, облегнат на двете жени, той се изправи неловко.

Il agissait comme s'il portait le fardeau le plus lourd.

Държеше се така, сякаш носеше най-тежкия товар.

Il laissa les deux femmes le conduire au fond de la pièce.

Той позволи на двете жени да го отведат до края на стаята.

Là, il leur souhaita bonne nuit et poursuivit son chemin seul.

Там той им пожела лека нощ и продължи сам.

Mais la mère jeta précipitamment son nécessaire à couture.

Но майката набързо хвърли шевния си комплект.

Et la sœur posa elle aussi le stylo et le bloc-notes.

И сестрата също остави химикалката и бележника.

Et ils coururent derrière le père pour l'aider davantage.

И те тичаха зад бащата, за да му помогнат допълнително.

Qui, dans cette famille surmenée, avait du temps à consacrer à Gregor ?

Кой в това претоварено от работа семейство имаше време за Грегор?

Qui aurait pu lui accorder plus d'attention que nécessaire ?

Кой би могъл да му обърне повече внимание от необходимото?

Le budget des ménages est devenu de plus en plus restreint.

Домашният бюджет ставаше все по-ограничен.

Finalement, pour faire des économies, ils ont dû licencier la bonne.

В крайна сметка, за да спестят пари, те трябваше да уволнят прислужницата.

Elle fut remplacée par une femme à la carrure imposante et aux cheveux blancs.

Тя беше заменена с едрокоса жена с бяла коса.

Mais cette femme ne venait que le matin et le soir.

Но тази жена идваше само сутрин и вечер.

Et tout le travail le plus lourd et le plus pénible lui avait été réservé.

И цялата най-тежка и трудна работа беше запазена за нея.

Toutes les autres tâches ménagères étaient prises en charge par la mère.

Всички останали домакински задължения се поемаха от майката.

Il est même arrivé que plusieurs bijoux de famille soient vendus.

Случвало се е дори да се продават различни семейни бижута.

Des bijoux que les femmes avaient portés avec joie lors des festivités.

Бижута, които жените с удоволствие носеха по време на празненства.

Gregor a appris cela lors d'une discussion générale.

Грегор научи това от една от общите дискусии.

Le principal grief, cependant, portait sur autre chose.

Най-голямото оплакване обаче беше нещо друго.

L'appartement était trop grand, mais ils ne pouvaient pas déménager.

Апартаментът беше твърде голям, но не можеха да се изнесат.

Il était impossible de déplacer Gregor.

Нямаше как да преместят Грегор.

Mais Gregor comprit que ce n'était pas seulement une question de considération.

Но Грегор осъзна, че не става въпрос само за съображения.

Quelque chose d'autre les a empêchés de déménager ailleurs.

Нещо друго ги е спирало да се преместят някъде другаде.

Il aurait facilement pu être transporté dans une caisse appropriée.

Той лесно би могъл да бъде транспортиран в подходяща кутия.

Leur sentiment de désespoir total les a paralysés.

Чувството им на пълна безнадеждност ги възпираше.

Ils ne voulaient pas admettre que le malheur les avait frappés.

Те не искаха да признаят, че нещастието ги е сполетяло.

Ils ont accompli ce que le monde exige des pauvres.

Това, което светът изисква от бедните хора, те го изпълниха.

Le père a apporté le petit déjeuner au jeune employé de banque.

Бащата донесе закуска за малкия банков чиновник.

La mère s'est sacrifiée pour laver le linge d'inconnus.

Майката се жертваше за прането на непознати.

La sœur faisait des allers-retours pour prendre les commandes des clients.

Сестрата тичаше напред-назад за поръчките на клиентите.

Mais ils n'avaient tout simplement plus la force d'en faire plus.

Но те просто нямаха сили да направят нищо повече.

La blessure dans le dos de Gregor commença à le faire encore plus souffrir.

Раната на гърба на Грегор започна да боли още повече.

Chaque soir, la mère et la sœur amenaient le père au lit.

Всяка вечер майка и сестра довеждаха бащата в леглото.

Ils laissèrent leur travail où il était et s'assirent ensemble.

Те оставиха работата си където си беше, и седнаха заедно.

Ils se rapprochèrent et s'assirent joue contre joue.

И те се приближиха един до друг и седнаха буза до буза.

La mère désigna la pièce d'où il observait.

Майката посочи към стаята, откъдето той наблюдаваше.

« Pourriez-vous fermer la porte ? » demanda-t-elle à sa sœur.

„Би ли затворила вратата?" – помоли тя сестрата.

Et Gregor se retrouva de nouveau seul dans le noir.

И тогава Грегор отново остана сам в тъмното.

Et dans la pièce voisine, la femme mêla leurs larmes.

И в съседната стая жената смеси сълзите им.
Ou bien ils restaient assis, les yeux secs, fixant simplement la table.
Или седяха със сухи очи, просто втренчени в масата.
Gregor ne dormait pratiquement pas, ni la nuit ni le jour.
Грегор почти не спеше, нито нощем, нито денем.
Il réfléchissait souvent à la façon dont il pourrait aider sa famille.
Той често мислеше как би могъл да помогне на семейството.
Il songea à gagner à nouveau de l'argent pour eux.
Той си помисли как отново да спечели парите за тях.
Il songea à faire ce qu'il faisait autrefois pour eux.
Той си помисли да направи това, което правеше преди за тях.
Le représentant autorisé lui revint dans ses pensées.
В мислите си упълномощеният представител се върна.
Et cette fois, le patron est également venu à l'appartement.
И този път шефът също дойде в апартамента.
Et les commis et les apprentis étaient là aussi.
И чиновниците, и чираците също бяха там.
Même le domestique un peu simplet est venu le voir.
Дори бавноумният служител в офиса дойде да го види.
Il y avait deux ou trois amis d'autres entreprises.
Имаше двама или трима приятели от други фирми.
Une des femmes de chambre d'un hôtel de province.
Една от камериерките от хотел в провинцията.
Un souvenir précieux et fugace auquel il s'efforçait de s'accrocher.
Скъп и мимолетен спомен, за който се опитваше да се задържи.
Une caissière d'une chapellerie pour laquelle il avait des intentions.
Касиер от магазин за шапки, за когото имаше намерения.
Mais il avait été un peu trop lent à obtenir son approbation.
Но той беше малко прекалено бавен, за да спечели одобрението й.

Ils lui apparurent tous, mêlés à des inconnus.
Всички те се появяваха в мислите му, смесени с непознати.
Et d'autres n'apparurent pas ; ils étaient déjà oubliés.
А други не се появиха; те вече бяха забравени.
Mais ils ne l'ont pas aidé, ni lui, ni sa famille.
Но те не му помогнаха, нито пък помогнаха на
семейството.
**Ils étaient inaccessibles, et il était content quand ils sont
partis.**
Те бяха недостъпни и той се зарадва, когато си тръгнаха.
Il n'était pas toujours d'humeur à se soucier de sa famille.
Той не винаги беше в настроение да се тревожи за
семейството.
Et il était rempli de rage à cause de ce manque d'attention.
И той беше изпълнен с ярост от липсата на внимание.
Et il ne pouvait imaginer rien qui puisse lui faire envie.
И не можеше да си представи нищо, за което да има
апетит.
**Mais il avait tout de même prévu de cambrioler le garde-
manger.**
Но той все още кроеше планове да проникне с взлом в
килера.
Et il allait prendre tout ce qui lui était dû.
И щеше да вземе всичко, което заслужаваше.
Sa sœur ne faisait plus aucun effort particulier pour lui.
Сестрата вече не полагаше никакви специални усилия за
него.
Elle ne consacrait plus de temps à chercher à lui plaire.
Тя вече не прекарваше време в мисли как да му угоди.
**Avant d'aller travailler, elle a rapidement glissé de la
nourriture dans la pièce.**
Преди работа тя бързо внесе малко храна в стаята.
Et le soir venu, elle a rapidement ramassé les restes.
И вечерта тя бързо отново прибра храната.
Elle ne faisait plus attention à savoir s'il avait mangé ou non.
Дали беше ял или не, тя вече не забеляза.
Le plus souvent, la nourriture restait intacte.

Сега храната най-често оставаше недокосната.

Elle continuait de traverser la pièce rapidement le soir.

Тя все още бързо се разхождаше из стаята вечер.

Mais maintenant, elle se contentait du strict minimum, aussi vite que possible.

Но сега тя направи най-необходимото, възможно най-бързо.

Des traînées de saleté jonchaient les murs.

По стените бяха оставени следи от мръсотия.

Des boules de poussière et de détritus jonchaient le sol.

Топки прах и боклуци бяха оставени да лежат по пода.

Gregor manifesta son désapprobation face à son manque d'attention.

Грегор показа неодобрението си от липсата на грижи от нея.

Il se tourna selon un angle particulièrement significatif.

Той се обърна под особено значителен ъгъл.

Mais il aurait pu rester à ce poste pendant des semaines.

Но можеше да остане на поста си седмици наред.

Sa sœur n'aurait pas remarqué son mécontentement.

Сестра му нямаше да забележи недоволството му.

Elle voyait la saleté aussi bien que lui, voire mieux.

Тя виждаше пръстта също толкова добре, колкото и той, ако не и по-добре.

Mais elle avait décidé de laisser la saleté où elle était.

Но тя беше решила да остави пръстта там, където си е.

À cette époque, elle a développé une sensibilité totalement nouvelle.

По това време тя възприе напълно нова чувствителност.

Elle s'était donné pour mission de nettoyer la chambre de Gregor.

Тя беше превърнала почистването на стаята на Грегор в своя отговорност.

La famille a été touchée par sa gentillesse et sa prévenance.

Семейството беше трогнато от нейната мила загриженост.

Une fois, sa mère avait nettoyé sa chambre de fond en comble.

Веднъж майката почисти старателно стаята му.
Ce n'est qu'après avoir utilisé plusieurs seaux d'eau qu'elle a réussi.
Едва след като използва няколко кофи вода, тя успя.
Cependant, l'humidité nouvelle dans la pièce a nui à Gregor.
Новата влага в стаята обаче навреди на Грегор.
Et il gisait, étendu de tout son long, amer et immobile sur le canapé.
И той лежеше широко, огорчен и неподвижен на дивана.
Mais ce n'était que sa première punition pour avoir aidé.
Но това беше само първото ѝ наказание за помощта.
La sœur remarqua rapidement le changement dans la chambre de Gregor.
Сестрата бързо забеляза промяната в стаята на Грегор.
Et elle s'est précipitée dans le salon, extrêmement insultée.
И тя изтича в хола, изключително обидена.
Sa mère leva les mains et tenta de la supplier.
Майка ѝ вдигна ръце и се опита да я умолява.
Mais malgré une explication sincère, elle a éclaté en sanglots.
Но въпреки искреното обяснение, тя избухна в сълзи.
Le père, bien sûr, sursauta et se leva de sa chaise.
Бащата, разбира се, се стресна и скочи от стола си.
Et les deux parents regardaient, stupéfaits et impuissants.
И двамата родители гледаха, смаяни и безпомощни.
Et finalement, leurs émotions s'agitèrent elles aussi.
И в крайна сметка емоциите им също се раздвижиха.
Le père a reproché à la mère ce qu'elle avait fait.
Бащата упрекнал майката за стореното.
« Tu aurais dû laisser la chambre à Grete pour qu'elle la nettoie. »
„Трябваше да оставиш стаята на Грете да я почисти.“
Grete a crié sur sa mère parce qu'elle avait nettoyé sa chambre.
Грете се развика на майка си, че е почистила стаята му.
«Tu n'as plus jamais le droit de nettoyer sa chambre !»

„Никога повече няма да ти бъде позволено да чистиш
стаята му!"
La mère a essayé d'entraîner le père dans la chambre.
Майката се опита да завлече бащата в спалнята.
La sœur resta seule dans la pièce, tremblante et sanglotant.
Сестрата остана в стаята, трепереща и ридаеща.
Et elle frappa la table avec ses petits poings.
И тя заудря по масата с малките си юмручета.
Et Gregor siffla bruyamment de colère contre eux tous.
И Грегор изсъска силно от гняв към всички тях.
Pourquoi personne n'avait-il pensé à lui fermer la porte ?
Защо никой не се беше сетил да му затвори вратата?
Ils auraient pu lui épargner ce spectacle et ce bruit.
Можеха да му спестят тази гледка и шум.
Sa sœur était épuisée après être rentrée du travail.
Сестрата беше изтощена, след като се прибра от работа.
**Et s'occuper de Gregor représentait encore plus de travail
pour elle.**
А грижата за Грегор беше още по-трудна за нея.
Mais cela ne signifie pas que la mère aurait dû le faire.
Но това не означаваше, че майката е трябвало да го
направи.
Gregor, en revanche, ne doit pas être négligé.
Грегор, от друга страна, не бива да бъде пренебрегван.
**Mais maintenant, ils avaient une nouvelle bonne qui
pouvait faire ce genre de choses.**
Но сега имаха нова прислужница, която можеше да прави
такива неща.
Une veuve âgée à la charpente osseuse robuste.
Възрастна вдовица със здрава костна структура.
Une stature qui l'a aidée à survivre à sa vie difficile.
Фигура, която ѝ е помогнала да оцелее в трудния си
живот.
L'apparence de Gregor ne lui déplaisait pas vraiment.
Тя не изпитваше истинско отвращение към външния вид
на Грегор.

Elle avait ouvert la porte de la chambre de Gregor par inadvertance.

Тя случайно беше отворила вратата на стаята на Грегор.

Ce n'était pas par curiosité particulière à propos de la pièce.

Не беше от някакво особено любопитство към стаята.

Elle faisait simplement son travail et a ouvert la porte par hasard.

Тя просто си вършеше работата и случайно отвори вратата.

Gregor, bien sûr, fut complètement surpris par elle.

Грегор, разбира се, беше напълно изненадан от нея.

Il n'était pas poursuivi, mais il courait d'avant en arrière.

Не го гонеха, а тичаше напред-назад.

Elle croisa simplement les bras et le regarda ramper.

И тя просто скръсти ръце и го наблюдаваше как пълзи.

Depuis lors, elle lui entrouvrait toujours un peu la porte.

Оттогава тя винаги отваряше вратата малко по малко за него.

Un matin, elle a jeté un coup d'œil pour voir comment il allait.

Веднъж сутринта тя надникна да види как е той.

Et le soir, elle est allée prendre de ses nouvelles avant de partir.

И вечерта тя го провери, преди да си тръгне.

Au début, elle a aussi essayé de l'appeler pour qu'il vienne la rejoindre.

В началото тя също се опита да го повика да дойде при нея.

« Viens par ici, vieux bousier ! » disait-elle.

„Ела тук, стар торен бръмбар!“, казваше тя.

Ou bien elle disait, amicalement : « Regardez ce vieux bousier ! »

Или пък каза приятелски: „Вижте стария торен бръмбар!“.

Gregor n'a jamais réagi lorsqu'on lui parlait de cette façon.

Грегор никога не реагираше, когато му се говореше по този начин.

Il resta là, immobile, et l'ignora.

Той остана там, неподвижен, и не й обърна внимание.

« Si seulement on lui avait expliqué comment faire correctement son travail. »

„Само да й бяха казали как правилно да си върши работата."

« Au lieu de me déranger, elle devrait nettoyer ma chambre. »

„Вместо да ме безпокои, тя трябва да почисти стаята ми."

Tôt le matin, une forte pluie a frappé les fenêtres.

Веднъж рано сутринта силен дъжд удари прозорците.

Peut-être la pluie était-elle déjà un signe du printemps à venir.

Може би дъждът вече беше знак за настъпващата пролет.

La bonne recommença à lui parler de cette façon.

Прислужницата отново започна да му говори по този начин.

Gregor était tellement amer qu'il se tourna vers elle.

Грегор беше толкова огорчен, че се обърна към нея.

Il était lent et infirme, mais c'était une sorte d'attaque.

Той беше бавен и немощен, но това беше нещо като атака.

La bonne, en revanche, n'avait absolument pas peur de Gregor.

Прислужницата обаче изобщо не се страхуваше от Грегор.

Au lieu de cela, elle souleva une chaise qui se trouvait près de la porte.

Вместо това тя вдигна стол, който беше близо до вратата.

Et elle resta là, calmement, la bouche grande ouverte.

И тя стоеше там, спокойно, с широко отворена уста.

Ses intentions étaient claires, même Gregor pouvait le voir.

Намеренията й бяха ясни, дори Грегор можеше да го види.

Et il se retourna lentement pour reprendre sa position initiale.

И той се обърна, бавно, в първоначалната си позиция.

« Donc vous ne voulez pas vous approcher davantage, n'est-ce pas ? »

— Значи не искаш да се приближиш повече, нали?

Et elle remit discrètement la chaise dans le coin.

И тя тихо върна стола в ъгъла.

Gregor ne mangeait presque plus rien.

Грегор почти не ядеше вече нищо.

Parfois, lors de ses promenades dans la pièce, il s'arrêtait.

Понякога, по време на разходките си из стаята, той спираше.

Et il se retrouva à côté du repas qui lui avait été préparé.

И той се озова до приготвената за него храна.

Il mit la nourriture dans sa bouche, mais seulement pour jouer avec.

Той сложи храната в устата си, но само за да си играе с нея.

Et bien souvent, il le recrachait quelques heures plus tard.

И доста често го изплюваше отново след няколко часа.

Il essaya de trouver une raison à son manque d'appétit.

Той се опита да намери причина за липсата си на апетит.

Peut-être parce qu'il était triste de l'état de sa chambre.

Може би защото беше тъжен за състоянието на стаята си.

Mais il s'était fait à l'idée des changements survenus dans la pièce.

Но той се беше примирил с промените в стаята.

Récemment, sa chambre était devenue une sorte de débarras.

Напоследък стаята му се беше превърнала в нещо като склад.

Ils avaient pris l'habitude de laisser des choses là.

Бяха си свикнали да оставят нещата там.

Et il restait maintenant beaucoup de choses de ce genre dans sa chambre.

И сега в стаята му бяха останали много такива неща.

Parce qu'une chambre de l'appartement avait été louée.

Защото едната стая от апартамента беше отдадена под наем.

Trois messieurs sérieux louaient la chambre ensemble.

Трима сериозни господа наемаха стаята заедно.

Gregor les avait aperçus un jour à travers une fente dans la porte.

Грегор веднъж ги забеляза през процеп на вратата.

Ils portaient des barbes fournies et étaient habillés avec un soin méticuleux.

Те имаха гъсти бради и бяха педантично облечени.

Ils étaient scrupuleux quant à la propreté des lieux.

Те бяха щателни в поддържането на реда във всичко.

Leur obsession pour la propreté ne s'arrêtait pas à leur chambre.

Тяхното настояване за чистота не спираше само до стаята им.

L'appartement entier devait être maintenu d'une propreté impeccable.

Целият апартамент трябваше да се поддържа идеално чист.

Ils étaient encore plus pointilleux sur l'apparence de la cuisine.

Те бяха още по-придирчиви към това как изглежда кухнята.

Et ils ne supportaient aucun encombrement inutile.

И не можеха да толерират никаква ненужна бъркотия.

Ils avaient également apporté leurs propres meubles.

Те също бяха донесли собствените си мебели със себе си.

C'est pourquoi beaucoup de choses étaient devenues superflues.

Поради тази причина много неща бяха станали излишни.

C'étaient des choses pour lesquelles personne n'aurait payé.

Това бяха неща, за които никой не би платил пари.

Mais la famille ne voulait pas non plus se débarrasser de ces objets.

Но семейството също не искаше да се откаже от тези неща.

Tous ces objets ont fini quelque part dans la chambre de Gregor.

Всички тези неща отидоха някъде в стаята на Грегор.

Le cendrier de la cuisine se trouvait désormais dans sa chambre.

Пепелникът от кухнята сега се съхраняваше в стаята му.

Et les ordures étaient entreposées dans sa chambre jusqu'au jour de la collecte.

И боклукът се държал в стаята му до деня на боклука.

La bonne a jeté dans sa chambre tout ce dont elle n'avait pas besoin.

Камериерката хвърляше в стаята му всичко, което не ѝ трябваше.

Heureusement, il n'a vu que la main et l'objet.

За щастие, той не видя нищо повече от ръката и предмета.

Elle comptait probablement revenir chercher les affaires plus tard.

Вероятно е възнамерявала да се върне за нещата по-късно.

Ou peut-être voulait-elle tout jeter d'un coup.

Или може би е искала да захвърли всичко наведнъж.

Cependant, tout est resté là où il s'était initialement posé.

Всичко обаче си остана там, където беше кацнало първоначално.

À moins que Gregor n'ait déplacé les débris en se faufilant à travers.

Освен ако Грегор не е преместил боклуците, като се е промъкнал през тях.

Au début, il a été obligé de ramper à travers tous les détritus.

В началото беше принуден да пълзи през всичките боклуци.

Il lui était impossible d'éviter cela.

Нямаше никаква възможност той да избегне това.

Mais plus tard, il a finalement trouvé du plaisir dans cette activité.

Но по-късно той действително намери удоволствие в това занимание.

Bien que ces efforts l'aient laissé triste et profondément fatigué.

Въпреки че подобни усилия го натъжаваха и го изтощаваха дълбоко.

Et ensuite, il est resté incapable de bouger pendant de nombreuses heures.

И след това той не можеше да се движи в продължение на много часове.
Les locataires prenaient parfois leurs repas dans le salon.
Наемателите понякога се хранеха в хола.
La porte du salon restait fermée ces soirs-là.
В тези вечери вратата на хола оставаше затворена.
Mais Gregor n'avait aucune difficulté à ne pas ouvrir la porte à présent.
Но Грегор нямаше никаква трудност да не отвори вратата сега.
Même lorsque la porte était ouverte, il ne regardait pas toujours dehors.
Дори когато вратата беше отворена, той не винаги поглеждаше навън.
Mais il s'allongea dans le coin le plus sombre de la pièce.
Но той се отпусна в най-тъмния ъгъл на стаята.
La famille n'a pas non plus remarqué son manque d'attention.
Семейството също не забеляза липсата на внимание от негова страна.
Mais une fois, la bonne a laissé la porte ouverte.
Но веднъж прислужницата остави вратата отворена.
La porte est restée ouverte même au retour des locataires.
Вратата остана отворена дори когато наемателите се върнаха.
Et la porte était ouverte quand la lumière a été allumée.
И вратата беше отворена, когато лампата беше включена.
L'homme était assis à la table où la famille dînait.
Мъжът седеше на масата, където семейството вечеряше.
Autrefois, père, mère et Gregor étaient assis là.
Баща, майка и Грегор са седели там в по-ранни времена.
Ils déplièrent les serviettes et prirent des couteaux et des fourchettes.
Те разгънаха салфетките и взеха ножове и вилици.
La mère apparut sur le seuil avec un bol de viande.
Майката се появи на вратата с купа месо.

Puis sa sœur est entrée avec un bol plein de pommes de terre.

Тогава сестрата влезе с купа, пълна с картофи.

Les locataires se penchèrent sur les bols placés devant eux.

Квартиращите се наведоха над купите, поставени пред тях.

L'épaisse fumée des aliments leur montait jusqu'au nez.

Гъстият дим от храната се издигаше до носовете им.

Mais ils n'avaient pas encore décidé s'ils allaient manger.

Но те все още не бяха решили дали ще ядат храната.

Peut-être renverraient-ils le plat en cuisine.

Може би щяха да върнат ястието обратно в кухнята.

L'homme assis au milieu semblait être l'autorité.

Мъжът, който седеше по средата, изглеждаше като авторитет.

Il a coupé la viande pour déterminer si elle était suffisamment tendre.

Той наряза месото, за да провери дали е достатъчно крехко.

Il était satisfait de l'odeur et de l'apparence des aliments.

Той беше доволен от това как миришеше и изглеждаше храната.

La mère et la sœur les observaient avec anxiété.

Майката и сестрата ги наблюдаваха тревожно.

Et ils commencèrent à sourire, poussant un soupir de soulagement accumulé.

И те започнаха да се усмихват с въздишка на натрупано облекчение.

La famille allait elle-même manger dans la cuisine.

Самото семейство щеше да се храни в кухнята.

Mais avant cela, le père alla voir comment allaient les locataires.

Но първо бащата отиде да провери наемателите.

Il s'inclina une fois, tenant sa casquette de travail à la main.

Той се поклони веднъж, държейки в ръка шапката си от работата.

Et il fit le tour de la table, saluant chaque invité.

И той обиколи масата, до всеки гост

Les locataires se levèrent tous en marmonnant dans leur barbe.

Всички наематели се изправиха, мърморейки в брадите си.

Après son départ, ils mangèrent dans un silence presque complet.

След като си тръгна, те се хранеха в почти пълно мълчание.

Gregor trouvait étrange d'entendre des bruits de mastication.

На Грегор му се стори странно, че чува дъвчене.

Aucun autre aspect du repas ne semblait produire le moindre son.

Никой друг аспект от храненето сякаш не издаваше звук.

Mais il pouvait distinctement entendre des dents grincer.

Но той ясно чуваше скърцането на зъби.

Ils semblaient lui dire qu'il avait besoin de dents pour manger.

Изглеждаше, че му трябват зъби, за да се храни.

« On ne peut rien faire si on n'a plus de dents dans la mâchoire. »

„Не можеш да направиш нищо, ако челюстите ти са беззъби.“

« J'aimerais manger quelque chose », dit Gregor avec anxiété.

— Бих искал да хапна нещо — каза Грегор тревожно.

« Mais je n'ai aucun appétit pour ce que vous mangez tous. »

„Но нямам апетит за това, което всички вие ядете.“

« Regardez ces locataires manger, et moi je meurs de faim. »

„Вижте как тези наематели ядат, а аз умирам от глад.“

Ce soir-là, Gregor pensait justement au violon.

Грегор случайно си помисли за цигулката онази вечер.

Il n'avait plus entendu le violon depuis la transformation.

Не беше чувал цигулка от трансформацията.

Mais ce soir-là, un bruit est venu de la cuisine.

Но тогава, тази вечер, от кухнята се чу звук.

Les messieurs avaient déjà terminé leur repas du soir.

Господата вече бяха приключили с вечерята си.

L'homme du milieu avait commencé à lire un journal.
Средният джентълмен беше започнал да чете вестник.
Il avait donné une feuille à chacun des deux autres
messieurs.
Той беше дал на другите двама господа по един лист.
Et maintenant, ils étaient affalés en arrière, en train de lire et
de fumer.
А сега те се бяха облегнали назад, четяха и пушеха.
Lorsque le violon commença à jouer, ils devinrent attentifs.
Когато цигулката започна да свири, те станаха
внимателни.
Ils se levèrent et marchèrent sur la pointe des pieds jusqu'à
la porte de l'antichambre.
Те станаха и тръгнаха на пръсти към вратата на
преддверието.
Ils se tenaient là, blottis les uns contre les autres, écoutant à
la porte.
Ето ги, те стояха сгушени един до друг и слушаха на
вратата.
La famille a dû entendre les hommes qui étaient dans la
cuisine.
Семейството сигурно е чуло мъжете от кухнята.
Car le père les appela et leur demanda :
Защото бащата ги извика и ги попита;
« Le violon ne serait-il pas inconfortable pour ces messieurs
? »
„Може би цигулката е неудобна за господата?"
« Si la musique ne vous plaît pas, on peut s'arrêter
immédiatement. »
„Ако не харесваш музиката, можем да спрем веднага."
« Au contraire », dit celui du milieu des messieurs.
— Напротив — каза средният от господата.
« La jeune fille aimerait-elle jouer du violon dans notre
chambre ? »
„Би ли искала младата дама да свири на цигулка в нашата
стая?"
« C'est nettement plus confortable et chaleureux ici. »

„Тук определено е много по-комфортно и уютно.“

Le père répondit comme s'il était lui-même le violoniste.

Бащата отговори, сякаш самият той беше цигулар.

« Oh, je vous en prie, ce serait merveilleux », s'écria le père.

„О, моля ви, това би било чудесно“, извика бащата.

Les messieurs retournèrent au salon et attendirent.

Господата се върнаха в хола и зачакаха.

Peu après, le père entra dans la pièce avec le pupitre.

Скоро бащата влезе в стаята с пюпитрата.

La mère entra dans la pièce avec le livre de musique.

Майката влезе в стаята с нотната книга.

Et la sœur entra dans la pièce avec le violon.

И сестрата влезе в стаята с цигулката.

Elle a calmement tout préparé pour jouer du violon.

Тя спокойно подготви всичко, за да свири на цигулка.

Les parents exagéraient leur politesse et leurs bonnes manières.

Родителите преувеличиха учтивостта и обноските си.

Ils n'avaient jamais loué de chambres à des locataires auparavant.

Те никога преди не бяха отдавали стаи под наем на квартиранти.

Et ils n'osaient même pas s'asseoir sur leurs propres chaises.

И дори не смееха да седнат на собствените си столове.

Au lieu de s'asseoir, le père s'appuya contre la porte.

Вместо да седне, бащата се облегна на вратата.

Sa main droite était coincée entre deux boutons de son manteau.

Дясната му ръка беше между две копчета на палтото му.

Un monsieur a toutefois offert une chaise à la mère.

На майката обаче един господин предложи стол.

Mais elle s'assit là où le monsieur avait placé la chaise.

Но тя седна там, където господинът беше поставил стола.

Et il n'avait pas placé la chaise à un endroit précis.

И не беше поставил стола на някое конкретно място.

La mère s'assit donc à l'écart de tout le monde, dans un coin.

И така, майката седна отделно от всички, в ъгъла.

Et finalement, la sœur s'est mise à jouer du violon.

И накрая сестрата започна да свири на цигулка.

Les parents, placés de part et d'autre, suivaient attentivement.

Родителите, от противоположните страни, внимателно наблюдаваха.

Et ils observaient attentivement chacun des mouvements de sa main.

И те внимателно наблюдаваха всяко движение на ръката ѝ.

Gregor était également attiré par le jeu du violon.

Грегор също бил привлечен от свиренето на цигулка.

Et il s'aventura un peu plus loin hors de sa chambre.

И той се осмели да излезе още малко от стаята си.

Il avait déjà la tête dans le salon.

Той вече беше пъхнал глава в хола.

Il était très fier d'être très attentionné.

Той много се гордееше с това, че е много внимателен.

Mais récemment, il ne remettait guère en question son manque d'attention.

Но напоследък той почти не поставяше под въпрос липсата на грижи.

Même s'il avait maintenant plus de raisons de se cacher qu'auparavant.

Въпреки че сега имаше повече причини да се крие, отколкото преди.

Parce que sa chambre était recouverte de poussière et de saletés diverses.

Защото стаята му беше покрита с прах и различна мръсотия.

Le moindre mouvement soulevait toutes sortes d'immondices.

Най-малкото движение вдигаше всякакви мръсотии.

Toute cette saleté lui collait à la peau : poussière, cheveux, restes de nourriture.

Цялата тази мръсотия се беше залепила за него; прах, коса, остатъци от храна.

Il aurait pu frotter la saleté contre le tapis.

Можеше да изтърка мръсотията в килима.
C'était quelque chose qu'il faisait plusieurs fois par jour.
Това беше нещо, което той правеше по няколко пъти дневно.
Mais son indifférence à tout était bien trop grande.
Но безразличието му към всичко беше твърде голямо.
Il n'avait donc pas peur d'aller un peu plus loin.
Така че той не се страхуваше да продължи още малко напред.
Et il s'est installé sur le sol impeccable du salon.
И той се премести върху безупречния под на хола.
Cependant, personne ne l'a remarqué, ni ne lui a prêté attention.
Никой обаче не го забеляза, нито му обърна внимание.
La famille était complètement absorbée par le concert.
Семейството беше напълно погълнато от концерта.
Les messieurs, quant à eux, ont d'abord battu en retraite.
Господата, от друга страна, първоначално се отдръпнаха.
Et ils se tenaient tout près, derrière le pupitre de la sœur.
И те стояха близо зад пюпитрата за ноти на сестрата.
S'ils avaient regardé, ils auraient pu voir les notes de musique.
Ако бяха погледнали, щяха да видят музикалните ноти.
Cela aurait évidemment perturbé la sœur.
Това, разбира се, би обезпокоило сестрата.
Alors, au lieu de s'asseoir, ils restèrent debout près de la fenêtre.
След това те застанаха до прозореца, вместо да седнат.
Les mains dans les poches, ils continuaient à parler.
С ръце в джобовете си те продължиха да говорят.
Ils restèrent là tandis que le père les observait avec anxiété.
Те останаха там, докато бащата ги наблюдаваше тревожно.
On avait l'impression qu'ils avaient d'autres attentes.
Човек имаше впечатлението, че имат други очаквания.
Et il semblait vraiment qu'ils avaient été déçus.
И наистина изглеждаше сякаш бяха разочаровани.
Il semblait qu'ils en avaient assez du spectacle.

Изглеждаше сякаш им е писнало от изпълнението.
Ils avaient laissé le violon troubler leur tranquillité.
Те бяха позволили на цигулката да наруши спокойствието им.
Et ils ne toléraient la musique que par politesse.
И те толерираха музиката само от учтивост.
La façon dont ils ont dissipé la fumée était particulièrement troublante.
Как разпръснаха дима беше особено обезпокоително.
Et pourtant, elle jouait du violon avec une telle beauté.
И въпреки това тя свиреше на цигулка толкова красиво.
Son visage était légèrement incliné sur le côté, sur le violon.
Лицето ѝ беше леко наклонено настрани, върху цигулката.
Son regard parcourait tristement les lignes de la musique.
Очите ѝ тъжно търсеха по нотните редове.
Gregor se sentait un peu plus attiré par le salon.
Грегор се почувства още малко привлечен от хола.
Il gardait la tête près du sol, mais regardait vers le haut.
Той държеше главата си близо до земята, но гледаше нагоре.
Peut-être que de cette façon, le regard de sa sœur croiserait le sien.
Може би по този начин погледът на сестра му щеше да срещне неговия.
Peut-on vraiment dire qu'il n'était qu'un animal ?
Може ли наистина да се каже, че той е бил просто животно?
Était-il un animal si la musique pouvait le captiver à ce point ?
Дали е бил животно, щом музиката може да го пленява толкова много?
Il avait l'impression qu'on lui montrait un chemin vers une nourriture inconnue.
Той се чувстваше сякаш му е показан път към непозната храна.
C'était peut-être là le réconfort qui lui manquait.
Може би това беше прехраната, която му липсваше.

Il était déterminé à rejoindre sa sœur.
Той беше твърдо решен да се приближи до сестра си.
Il avait envie de tirer sur sa jupe pour attirer son attention.
Искаше му се да я дръпне за полата, за да привлече
вниманието ѝ.
Il voulait lui faire comprendre qu'il l'invitait.
Той искаше да ѝ даде знак, че е поканен.
**« Viens jouer du violon dans ma chambre », aurait-il voulu
dire.**
„Ела да посвириш на цигулка в стаята ми“, искаше да
каже той.
**Il souhaitait qu'elle soit récompensée pour sa magnifique
musique.**
Той искаше тя да бъде възнаградена за красивата си
музика.
« Personne ici ne te récompense pour jouer du violon. »
„Никой тук не те възнаграждава за това, че свириш на
цигулка.“
Il ne voulait plus la laisser sortir de sa chambre.
Той вече не искаше да я пуска от стаята си.
Il voulait qu'elle reste avec lui aussi longtemps qu'il vivrait.
Той искаше тя да остане с него, докато е жив.
Pour la première fois, sa transformation eut un avantage.
За първи път трансформацията му имаше полза.
Sa difformité allait enfin lui être utile.
Деформацията му най-накрая щеше да му бъде полезна.
Il voulait être présent simultanément aux quatre portes.
Искаше да е едновременно на четирите врати.
**Il avait envie de les siffler et de leur cracher dessus de tous
les côtés.**
Искаше му се да съска и да ги заплюе отвсякъде.
Sa sœur ne devrait pas être forcée de rester avec lui.
Сестра му не бива да бъде принуждавана да остане с него.
Il voulait qu'elle choisisse volontairement de rester avec lui.
Той искаше тя доброволно да избере да остане с него.
Elle allait s'asseoir à côté de lui et se pencher vers lui.
Тя щеше да седне до него и да се наведе към него.

Et il allait lui parler de l'école de musique.

И щеше да й разкаже за музикалното училище.

Il avait la ferme intention de l'envoyer à l'académie.

Той имаше твърдото намерение да я изпрати в академията.

Il en aurait parlé à tout le monde à Noël dernier.

Щеше да разкаже на всички за това миналата Коледа.

Noël était-il déjà passé ?

Дали Коледа наистина вече дойде и си отмина?

Et il n'aurait laissé personne le dissuader.

И той не би позволил на никого да го разубеди от това.

Mais un accident malheureux a tout arrêté.

Но тогава злощастният инцидент спря всичко.

La sœur aurait été submergée par l'émotion.

Сестрата щеше да бъде обзета от емоции.

Et Gregor aurait alors grimpé jusqu'à son épaule.

И тогава Грегор щеше да се покатери до рамото й.

Et il l'aurait réconfortée en l'embrassant dans le cou.

И щеше да я утеши, като я целуне по врата.

« Monsieur Samsa ! » appela l'homme au milieu au père.

„Господин Самса!", извика мъжът по средата на бащата.

Il pointait Gregor du doigt.

Той сочеше с показалеца си надолу към Грегор.

Gregor traversait lentement le salon.

Грегор бавно се движеше по пода на хола.

Le jeu du violon s'est très vite tu.

Свиренето на цигулка много бързо замлъкна.

Celui du milieu sourit à ses amis.

Средният от тримата мъже се усмихна на приятелите си.

Puis il secoua la tête et regarda Gregor.

После поклати глава и погледна отново към Грегор.

Le père aurait pu forcer Gregor à retourner dans sa chambre.

Бащата можеше да принуди Грегор да се върне в стаята му.

Mais ce n'était pas la première action qu'il décida d'entreprendre.

Но това не беше първото действие, което той реши да предприеме.
Il estimait qu'il était plus important de calmer ces messieurs.
Той смяташе, че е по-важно да успокои господата.
Bien qu'ils ne fussent pas vraiment contrariés par Gregor.
Въпреки че всъщност изобщо не бяха разстроени от Грегор.
Gregor semblait plus divertissant que le jeu de violon.
Грегор изглеждаше по-забавен от свиренето на цигулка.
Il s'est précipité vers eux, les bras tendus.
Той се втурна към тях с протегнати ръце.
Il faisait de son mieux pour leur cacher la vue de Gregor.
Той се стараеше с всички сили да прикрие мнението им за Грегор.
Et il a essayé de les faire retourner dans leur chambre.
И той се опита да ги насърчи да се върнат в стаята си.
Au contraire, cela les a un peu agacés.
Ако не друго, това всъщност ги раздразни малко.
Mais il était difficile de dire exactement ce qui les agaçait.
Но беше трудно да се каже какво точно ги е подразнило.
Le père gâchait le divertissement de la soirée.
Бащата разваляше забавлението през вечерта.
Mais ils venaient aussi d'apprendre l'existence de leur nouveau colocataire.
Но те току-що бяха научили и за новия си съквартирант.
Ils levèrent les mains comme l'avait fait leur père.
Те вдигнаха ръце точно както беше направил бащата.
Ils ont exigé une explication immédiate du père.
Те поискаха незабавно обяснение от бащата.
Ils tiraient nerveusement sur leur barbe, cherchant une réponse.
Те неспокойно дърпаха брадите си, търсейки отговор.
Et ils reculèrent jusqu'à leur chambre, mais très lentement.
И те се придвижиха назад към стаята си, но много бавно.
L'interruption avait plongé la sœur dans une sorte de transe.
Прекъсването беше хвърлило сестрата в транс.
Elle laissa pendre le violon et l'archet le long de son corps.

Тя остави цигулката и лъка да висят до нея.
Et elle regarda la partition comme si elle jouait encore.
И тя погледна нотния лист, сякаш все още свиреше.
Mais soudain, elle est revenue dans la pièce.
Но после тя внезапно се дръпна обратно в стаята.
Et elle avait désormais surmonté le sentiment d'être perdue.
И сега тя беше преодоляла чувството си на изгубеност.
Elle a posé l'instrument de musique sur les genoux de sa mère.
Тя постави музикалния инструмент в скута на майка си.
La mère était assise sur la chaise, respirant bruyamment.
Майката седеше на стола и дишаше тежко.
Et puis la sœur a dû courir dans la pièce voisine.
И тогава сестрата трябваше да изтича в съседната стая.
Elle devait tout préparer pour les messieurs.
Тя трябваше да приготви всичко за господата.
Elle a jeté les couvertures et les coussins en l'air.
Тя хвърли одеялата и възглавниците във въздуха.
Et de ses mains expertes, elle a disposé toute la literie.
И с умелите си ръце тя подреди цялото спално бельо.
Elle avait terminé avant que les messieurs n'atteignent la pièce.
Тя беше приключила, преди господата да стигнат до стаята.
Et elle s'est éclipsée avant de les gêner.
И тя се измъкна, преди да им се изпречи на пътя.
Le père semblait prisonnier de son propre entêtement.
Бащата сякаш беше обзет от собствения си инат.
Et il oublia ainsi tout le respect qu'il devait à ses locataires.
И така той забрави всяко уважение, което дължеше на наемателите си.
Il a insisté sans relâche jusqu'à ce que leur porte-parole s'y oppose.
Той натискаше и натискаше, докато говорителят им не възрази.
Il a tapé du pied avec colère en arrivant à la porte.
Той ядосано тропна с крак, когато стигна до вратата.

Et c'est ainsi qu'il immobilisa le père.

И по този начин той доведе бащата до застой.

« Par la présente, je déclare », commença-t-il en s'adressant à son propriétaire.

„С настоящото заявявам" – започна той да се обръща към хазяина си.

Et il leva la main, regardant toute la famille.

И той вдигна ръка, оглеждайки цялото семейство.

« En ce qui concerne l'état répugnant de la chambre ; »

„Относно отвратителните условия в стаята;"

Et il s'assurait que tous écoutaient ses paroles.

И той се увери, че всички слушат думите му.

« Par la présente, je vous informe que je vais libérer ma chambre. »

„С настоящото уведомявам, че ще освободя стаята си."

Et il a appuyé son propos en crachant par terre.

И той допълнително затвърди тезата си, като плю на земята.

« Je ne paierai pas non plus pour les jours que j'ai passés ici. »

„Нито пък ще платя за дните, които съм живял тук."

Il n'était cependant pas entièrement satisfait de ce remboursement.

Той обаче не беше напълно доволен от това възстановяване на сумата.

« Et j'envisagerai de formuler d'autres demandes à votre encontre. »

„И ще обмисля да отправя други искания към вас."

« Croyez-moi, de telles demandes seront très faciles à justifier. »

„Повярвайте ми, подобни искания ще бъдат много лесни за оправдаване."

Il resta silencieux et regarda droit devant lui, vers son père.

Той мълчеше и гледаше право напред към бащата.

Il semblait s'attendre à ce qu'il se passe quelque chose de plus.

Изглеждаше сякаш очакваше да се случи нещо повече.

En fait, ses deux amis ont immédiatement eu la même idée.

Всъщност, двамата му приятели веднага имали същата идея.

« Nous annulons également nos réservations de chambres », ont-ils déclaré à l'unisson.

„И ние отменяме стаите си“, казаха те в един глас.

Il a alors saisi la poignée de la porte et l'a fermée.

След това хвана дръжката на вратата и я затвори.

Et dans un grand fracas, ils s'enfermèrent dans leur chambre.

И с трясък се затвориха в стаята си.

Le père s'est dirigé en titubant vers sa chaise, les mains tâtonnantes.

Бащата се олюля към стола си, опипвайки ръце.

Et il se laissa tomber sur la chaise, vaincu.

И той се отпусна на стола, победен.

On aurait dit qu'il allait faire sa sieste habituelle du soir.

Изглеждаше сякаш отива на обичайната си вечерна дрямка.

Mais sa tête hocha presque comme si elle n'était pas soutenue.

Но главата му кимна, сякаш нямаше опора.

Et on pouvait voir qu'il ne dormait pas du tout.

И се виждаше, че изобщо не спеше.

Durant tout ce temps, Gregor n'avait pas bougé de sa place.

През цялото това време Грегор не помръдна от мястото си.

Il était toujours là où les messieurs l'avaient aperçu pour la première fois.

Той все още беше там, където господата го бяха видели за първи път.

Même s'il avait voulu déménager, il trouvait cela impossible.

Дори и да искаше да се премести, намираше го за невъзможно.

À cause de sa déception, ou à cause de sa faim.

Заради разочарованието си или заради глада си.

Il était déçu par l'échec de son plan.

Той беше разочарован от провала на плана си.

Et il était affaibli par la faim persistante qu'il ressentait.

И беше слаб от продължителния глад, който изпитваше.

Il était certain que tout le monde se retournerait contre lui à tout moment.

Беше сигурен, че всеки момент всички ще се обърнат срещу него.

C'est avec cette certitude d'un effondrement imminent qu'il attendit.

С това очакване за предстоящ колапс той чакаше.

Le violon commença à glisser des genoux de sa mère.

Цигулката започна да се изплъзва от скута на майката.

Dans un fracas retentissant, le violon tomba au sol.

С оглушителен звук цигулката падна на земята.

Mais même ce bruit soudain et fracassant ne l'a pas surpris.

Но дори този внезапен трясък не го стресна.

« Chers parents, dit la sœur, cela ne peut pas continuer. »

„Скъпи родители", каза сестрата, „това не може да продължава."

Et elle a frappé du poing sur la table pour appuyer ses propos.

И тя удари с ръка по масата, за да докаже думите си.

« Je ne prononcerai pas le nom de mon frère devant ce monstre. »

„Няма да кажа името на брат си пред това чудовище."

« C'est pourquoi je le dis aussi crûment que possible : »

„Ето защо го казвам възможно най-директно:"

«Nous n'avons pas d'autre choix que de nous débarrasser de cet animal.»

„Нямаме друг избор, освен да се отървем от това животно."

« Nous avons fait de notre mieux pour tolérer et prendre soin de cet animal. »

„Направихме всичко възможно да толерираме и да се грижим за това животно."

« Je ne pense pas que quiconque puisse nous blâmer, même légèrement. »

„Мисля, че никой не може да ни вини ни най-малко."

« Elle a mille fois raison », a acquiescé le père.

„Тя е хиляди пъти права“, съгласи се бащата.

La mère n'avait pas encore complètement repris son souffle.

Майката все още не беше си поела напълно дъх.

Elle se mit à tousser sourdement dans sa main, la respiration lourde.

Тя започна да кашля глухо в ръката си, дишайки тежко.

Et une expression de folie commença à apparaître dans ses yeux.

И в очите ѝ започна да се появява безумно изражение.

La sœur s'est précipitée vers sa mère et lui a pris le front.

Сестрата се втурна към майка си и я хвана за челото.

Les paroles de la sœur semblaient inspirer le père.

Бащата сякаш се вдъхнови от думите на сестрата.

Et ses pensées semblaient plus claires qu'auparavant.

И мислите му сякаш бяха по-ясни от преди.

Il cessa d'acquiescer et se redressa.

Той спря да кима с глава и отново се изправи.

Et il jouait avec la casquette de son serviteur, plongé dans ses pensées.

И си играеше с шапката на слугата си, дълбоко замислен.

Les assiettes des locataires étaient encore sur la table.

Чиниите от наемателите все още бяха на масата.

Et il regardait parfois vers Gregor, qui restait silencieux.

И понякога поглеждаше към мълчаливия Грегор.

« Nous devons essayer de nous en débarrasser », lui dit sa sœur.

„Трябва да се опитаме да се отървем от него“, каза му сестрата.

La mère était trop occupée à tousser pour écouter.

Майката беше твърде заета с кашлица, за да слуша.

« Ça va vous tuer tous les deux, je le vois déjà venir. »

„Ще ви убие и двамата, вече го виждам.“

«Nous ne pouvons pas tous continuer à travailler aussi dur que nous le faisons.»

„Не можем всички да продължим да работим толкова усилено, колкото правим.“

« Et chaque jour, nous devons rentrer chez nous et subir ce
supplice. »
„И всеки ден трябва да се прибираме у дома и да
преживяваме това мъчение.“
« Nous n'en pouvons plus. Je n'en peux plus. »
„Не можем да го търпим повече. Не мога да го търпя.“
Elle s'est effondrée dans les bras de sa mère, en larmes une
dernière fois.
Тя се хвърли върху майка си в последен изблик на сълзи.
Les larmes coulèrent sur son visage et sur celui de sa mère.
Сълзите се стичаха по лицето ѝ и върху това на майка ѝ.
Et elle essuya ses larmes d'un geste machinal.
И тя избърса сълзите с механично движение.
« Mon enfant », dit le père d'une voix compatissante.
— Детето ми — каза бащата със състрадателен глас.
Il y avait une profonde sympathie et une grande
compréhension dans sa voix.
В гласа му се долавяше дълбоко съчувствие и разбиране.
« Mais que devons-nous faire ? » avoua-t-il ne pas savoir.
„Но какво да правим?“, призна той, че не знае.
La sœur haussa simplement les épaules, impuissante.
Сестрата само сви безпомощно рамене.
Et sa confiance d'antan fit de nouveau place aux larmes.
И предишната ѝ увереност отново беше заменена от
сълзи.
« Si seulement il nous comprenait », dit le père à voix haute.
„Само да ни разбираше“, каза бащата на глас.
Et il se demandait à moitié si Gregor avait compris.
И той почти се запита дали Грегор е разбрал.
La sœur lui a secoué la main violemment en pleurant.
Сестрата само силно стисна ръката ѝ, докато плачеше.
Elle a donc indiqué qu'il ne fallait pas envisager cette idée.
И затова тя даде знак, че идеята не бива да се обмисля.
« Mais si seulement il nous comprenait », répéta le père.
„Но само да ни разбираше“ – повтори бащата.
Les yeux fermés, il réfléchit à la réponse de sa sœur.
Затвори очи и обмисли отговора на сестрата.

« S'il comprenait qu'un accord pouvait être conclu avec lui. »
„Ако той разбереше, можеше да се постигне споразумение с него."

« Mais vu la situation actuelle… »
„Но с нещата такива, каквито са..."

«Il faut l'enlever,» s'écria la sœur, «c'est la seule solution.»
„Трябва да си тръгне!", извика сестрата, „това е единственият начин."

«Il faut vous débarrasser de l'idée que c'est Gregor.»
„Трябва да се отървеш от мисълта, че това е Грегор."

« Notre véritable malheur, c'est d'y avoir cru si longtemps. »
„Че толкова дълго вярвахме в това е истинското ни нещастие."

« Mais comment est-ce possible que ce soit Gregor ? » demanda-t-elle à son père.
„Но как може да е Грегор?", попита тя баща си.

« Il savait qu'un tel animal ne pouvait pas coexister avec les humains. »
„Той знаеше, че такова животно не може да съжителства с хората."

« Gregor nous aurait quittés depuis longtemps, volontairement. »
„Грегор отдавна щеше да ни напусне, доброволно."

« C'est vrai, nous n'aurions alors plus de frère. »
„Вярно е, тогава нямаше да имаме брат."

« Mais nous pourrions continuer à vivre et à honorer sa mémoire. »
„Но бихме могли да продължим да живеем и да почитаме паметта му."

« Mais cette bête nous poursuit et chasse nos locataires. »
„Но този звяр ни преследва и прогонва наемателите ни."

« De toute évidence, il veut s'emparer de tout l'appartement. »
„Очевидно иска да завладее целия апартамент."

« Cette bête veut nous faire dormir dans la rue. »
„Този звяр иска да ни накара да спим на улицата."

« Regarde, papa, » s'écria-t-elle soudain, « il bouge à nouveau ! »

— Вижте, татко — извика тя внезапно, — той отново се движи!

Et elle fit quelque chose que même Gregor ne put comprendre.

И тя направи нещо, което дори Грегор не можеше да разбере.

Elle se repoussa, comme pour sacrifier sa mère.

Тя се отблъсна, сякаш жертваше майката.

Et elle a couru derrière son père pour trouver une sorte de sécurité.

И тя тичаше зад баща си за някаква безопасност.

Le père n'était agité que parce que sa fille l'était.

Бащата беше развълнуван само защото дъщеря му беше развълнувана.

Mais lui aussi se leva et leva les bras au-dessus d'elle.

Но тогава и той се изправи и вдигна ръце над нея.

Mais Gregor n'avait aucune intention d'effrayer qui que ce soit.

Но Грегор нямаше намерение да плаши никого.

Il n'avait surtout aucune intention d'effrayer sa sœur.

Той особено нямаше и помисъл да плаши сестра си.

Il essayait simplement de faire demi-tour pour retourner dans sa chambre.

Той просто се опитваше да се обърне обратно към стаята си.

Mais, compte tenu de l'aggravation de son état, même cela devenait difficile.

Но при влошаващото се състояние на детето му дори това беше трудно.

Et il ne pouvait plus se servir pleinement de ses jambes.

И вече не можеше да използва пълноценно всичките си крака.

Il utilisa donc sa tête pour soulever son corps et se retourner.

Затова той използва главата си, за да повдигне тялото си и да се обърне.

Il marqua une pause et chercha l'approbation de sa famille du regard.

Той се спря и се огледа за одобрението на семейството.

Il semble que sa bonne intention ait été reconnue.

Доброто му намерение сякаш беше разпознато.

Son mouvement ne leur avait procuré qu'un choc momentané.

Движението му беше само моментен шок за тях.

À présent, ils le regardaient tous en silence, visiblement malheureux.

Сега всички го гледаха в нещастно мълчание.

La mère était toujours allongée dans le fauteuil, épuisée.

Майката все още лежеше в креслото, изтощена.

Le père et la sœur étaient assis l'un à côté de l'autre.

Бащата и сестрата седяха един до друг.

« Peut-être qu'ils me laisseront faire demi-tour maintenant », pensa Gregor.

„Може би сега ще ме оставят да се обърна", помисли си Грегор.

Et il continua à effectuer son mouvement de rotation maladroit.

И той продължи да прави своето неловко обръщане.

Il ne pouvait réprimer les halètements occasionnels dus à l'effort.

Той не можеше да потисне случайните въздишки от усилие.

Et il a été contraint de se reposer à plusieurs reprises entre-temps.

И беше принуден да си почива няколко пъти междувременно.

Plus personne ne le pressait ; c'était à lui de décider.

Никой не го караше да бърза сега; всичко зависеше от него.

Finalement, il acheva ce virage lent et douloureux.

Накрая той завърши бавния и болезнен завой.

Il se dirigea aussitôt vers sa chambre.

Той веднага тръгна право обратно към стаята си.

Il était stupéfait de la distance qui le séparait de sa chambre.
Той беше изумен колко далеч от стаята си беше.
Comment, malgré sa faiblesse, avait-il réussi à y parvenir auparavant ?
Как, въпреки слабостта си, беше стигнал до там преди?
Il avait emprunté presque le même chemin sans s'en apercevoir.
Той беше изминал почти същия път, без да забележи.
Il se concentrait simplement sur le fait de ramper aussi vite qu'il le pouvait.
Той просто се съсредоточи върху пълзенето възможно най-бързо.
L'absence de commentaires ne le dérangeait pas.
Липсата на коментари от когото и да било не го смущаваше.
Ce n'est que lorsqu'il fut déjà à l'intérieur qu'il tourna la tête.
Едва когато вече беше на вратата, той обърна глава.
Mais il n'a pas pu se retourner complètement.
Но той не успя да се обърне, за да погледне назад напълно.
Car il sentit sa nuque se raidir encore davantage en se tournant.
Защото усети как вратът му се скова още повече, докато се обръщаше.
Mais il constata que rien n'avait changé derrière lui.
Но той видя, че така или иначе нищо не се е променило зад него.
La seule différence, c'est que sa sœur s'était levée.
Единствената разлика беше, че сестра му се беше изправила.
Son dernier regard lui montra que sa mère s'était endormie.
Последният му поглед показваше, че майка му е заспала.
Dès qu'il fut entré dans sa chambre, la porte fut fermée.
Щом влезе в стаята си, вратата се затвори.
Et dès que la porte fut fermée, le verrouilla.
И веднага щом вратата се затвори, ключалката се заключи.
Gregor fut effrayé par le bruit inattendu derrière lui.

Грегор се уплаши от неочаквания шум зад гърба си.

Et ses jambes fléchirent sous lui, surprises par la soudaineté.

И краката му се подкосиха от внезапната изненада.

C'est sa sœur qui s'était précipitée vers la porte derrière lui.

Сестрата беше тази, която се беше втурнала към вратата след него.

Elle s'était déjà dressée, et l'attendait.

Тя вече беше застанала изправена там и го чакаше.

Elle fit alors un petit saut en avant sans que Gregor ne l'entende.

След това тя леко скочи напред, без Грегор да я чуе.

« Enfin ! » s'écria-t-elle en tournant la clé.

„Най-накрая!“, извика тя на глас, докато завърташе ключа.

« Et maintenant ? » se demanda Gregor, seul dans l'obscurité.

„А сега какво?“, запита се Грегор, сам в тъмното.

Il s'aperçut bientôt qu'il ne pouvait plus bouger du tout.

Скоро той откри, че вече изобщо не може да се движи.

Mais son immobilité ne le surprenait pas vraiment.

Но той всъщност не беше изненадан от неподвижността си.

Pouvoir se déplacer sur des jambes aussi fines semblait ridicule.

Да можеш да се движиш с такива тънки крака изглеждаше нелепо.

Il ne savait pas comment il avait pu y parvenir.

Той не знаеше как изобщо е успявал да го направи.

Mais à part ça, il se sentait relativement à l'aise.

Но освен това се чувстваше сравнително комфортно.

Il est vrai qu'il ressentait une douleur intense dans tout le corps.

Вярно е, че е усещал силна болка в цялото си тяло.

Mais la douleur semblait s'atténuer de plus en plus.

Но болката сякаш отслабваше все повече и повече.

Et il avait l'impression que la douleur finirait par disparaître.

И той чувстваше, че болката най-накрая ще изчезне.

Il sentait à peine la pomme pourrie dans son dos.

Той почти не усещаше гнилата ябълка в гърба си.

Il repensa à sa famille avec émotion et amour.

Той си спомни за семейството си с емоция и любов.

Il ressentait les émotions de sa sœur encore plus intensément qu'elle.

Той усещаше емоциите на сестра си дори повече от нея самата.

Elle avait raison ; il devait partir.

Тя беше права в казаното от нея; той трябваше да си тръгне.

Il passa quelque temps dans cet état désert et paisible.

Той прекара известно време в това празно и спокойно състояние.

L'horloge sonna trois fois, doucement mais fermement.

Часовникът удари три пъти, тихо, но твърдо.

Gregor fut doucement tiré de ses pensées.

Грегор нежно беше изтръгнат от размишленията си.

Il regarda la lumière du matin pénétrer lentement dans sa chambre.

Той наблюдаваше как утринната светлина бавно влиза в стаята му.

Puis sa tête s'affaissa complètement, malgré lui.

Тогава главата му потъна напълно, без негова воля.

Et son dernier souffle s'échappa faiblement de ses narines.

И последният му дъх се изля слабо от ноздрите му.

La femme de chambre est entrée dans sa chambre tôt le matin.

Прислужницата влезе в стаята му рано сутринта.

Elle n'a rien trouvé d'inhabituel lors de sa courte visite habituelle.

Тя не откри нищо необичайно по време на обичайното си кратко посещение.

À bout de forces et dans la précipitation, elle claqua toutes les portes.

От съпротива и бързане, тя затръшна всички врати.

Il était impossible de dormir paisiblement dans tout l'appartement.

В целия апартамент не беше възможен спокоен сън.

On lui avait demandé d'éviter de faire cela le matin.

Беше помолена да не прави това сутрин.

Elle pensait qu'il restait allongé là, immobile, exprès.

Тя си помисли, че той нарочно лежи толкова неподвижно.

Peut-être voulait-il lui montrer qu'il était offensé.

Може би искаше да ѝ покаже, че е обиден.

Elle lui faisait confiance et pensait qu'il était doté d'une intelligence hors du commun.

Тя му вярваше, че притежава всякакъв вид интелигентност.

Il se trouve qu'elle tenait le long balai à la main.

Случайно държеше дългата метла в ръка.

Alors, depuis la porte, elle essaya de chatouiller un peu Gregor.

И така, още от вратата, тя се опита да погъделичка леко Грегор.

Elle était un peu agacée qu'il ne réponde pas du tout.

Тя беше малко раздразнена, че той изобщо не отговори.

Alors cette fois, elle le poussa un peu plus fermement.

Затова този път тя го бутна малко по-силно.

Comme il n'opposait aucune résistance, elle l'examina de plus près.

Когато той не показа съпротива, тя го погледна по-отблизо.

Elle comprit rapidement ce qui était réellement arrivé à Gregor.

Тя скоро осъзна какво всъщност се е случило с Грегор.

Elle ouvrit davantage les yeux et siffla pour elle-même.

Тя отвори по-широко очи и подсвирна на себе си.

Mais elle n'a pas tardé à ouvrir la porte.

Но тя не губи много време, преди да отвори вратата.

Et elle cria d'une voix forte dans l'obscurité :

И тя извика с висок глас в тъмнината:

«Viens voir, il est là, complètement mort.»

„Елате и вижте, ето го, лежи напълно мъртво.“
Les deux parents étaient assis bien droits dans leur lit conjugal.
Двамата родители седяха изправени в съпружеското си легло.
Il leur fallait d'abord surmonter le choc du bruit.
Първо трябваше да преодолеят шока от шума.
Mais peu à peu, ils ont commencé à comprendre son message.
Но след това те бавно започнаха да схващат посланието й.
Monsieur et Madame Samsa ont chacun sauté de leur côté du lit.
Г-н и г-жа Замза скочиха всеки от своята страна на леглото.
M. Samsa jeta l'épaisse couverture sur ses épaules.
Господин Замза хвърли дебелото одеяло върху раменете си.
Et Mme Samsa sortit vêtue uniquement de sa chemise de nuit.
И госпожа Замза излезе само по нощница.
C'est ainsi qu'ils entrèrent dans la chambre de Gregor.
И така влязоха в стаята на Грегор.
Entre-temps, la porte du salon s'était également ouverte.
Междувременно вратата на хола също се беше отворила.
Grete y dormait depuis l'emménagement des locataires.
Грете беше спала там, откакто наемателите се нанесоха.
Elle était entièrement habillée comme si elle n'avait pas dormi du tout.
Беше напълно облечена, сякаш изобщо не беше спала.
Son visage pâle semblait également témoigner de son manque de sommeil.
Бледото й лице също сякаш доказваше липсата й на сън.
« Il est mort ? » demanda Mme Samsa en regardant la bonne.
„Мъртъв ли е?“ попита госпожа Замза, гледайки прислужницата.
Elle aurait pu le confirmer en le regardant elle-même.
Тя можеше да потвърди това, като го погледнеше сама.
« Je le crois », dit la bonne en ramassant le balai.

— Мисля, че да — каза прислужницата, вдигайки метлата.
Et elle a poussé son corps sur une longue distance à travers le sol.
И тя бутна тялото му дълго по пода.
Mme Samsa fit un mouvement comme si elle voulait l'arrêter.
Госпожа Замза направи движение, сякаш искаше да я спре.
Mais finalement, elle a laissé la bonne faire glisser Gregor.
Но накрая тя позволи на прислужницата да плъзга Грегор насам-натам.
« Eh bien, » dit M. Samsa, « enfin nous pouvons remercier Dieu. »
„Е, най-накрая можем да благодарим на Бога“, каза г-н Самса.
Il fit le signe de croix : tête, poitrine, épaules.
Той направи знака на кръста: глава, гърди, рамене.
Et les trois femmes suivirent son exemple religieux.
И трите жени последваха неговия религиозен пример.
Grete, qui ne quittait pas le cadavre des yeux, dit :
Грете, която не сваляше поглед от трупа, каза:
«Regardez comme il est maigre, il n'a pas mangé depuis si longtemps.»
„Вижте колко е отслабнал, толкова дълго не е ял.“
« La nourriture que je lui laissais chaque matin restait toujours intacte. »
„Храната, която му оставях всяка сутрин, винаги беше недокосната.“
En fait, le corps de Gregor était complètement plat et sec.
Всъщност тялото на Грегор беше напълно плоско и сухо.
C'était plus visible maintenant qu'il était au sol.
Това беше по-видимо сега, когато беше на земята.
Parce que son corps n'était plus soutenu par ses jambes.
Защото тялото му вече не се повдигаше от краката му.
Et parce que rien d'autre ne venait distraire la vue.
И защото нямаше нищо друго, което да разсейва гледката.
«Viens avec nous un moment, Grete», dit Mme Samsa.

— Ела за малко с нас, Грете — каза госпожа Замза.
Un sourire douloureux se dessinait sur ses lèvres lorsqu'elle parlait.
Докато говореше, на устните ѝ играеше болезнена усмивка.
Grete les suivit, mais jeta aussi un coup d'œil en arrière au cadavre.
Грете ги последва, но също погледна назад към трупа.
La bonne ferma la porte et ouvrit grand la fenêtre.
Прислужницата затвори вратата и отвори напълно прозореца.
Il était encore tôt, l'air était donc normalement froid.
Беше още рано, така че въздухът обикновено би бил студен.
Mais il y avait aussi un mélange de chaleur dans l'air froid.
Но в студения въздух се усещаше и примес на топлина.
Comme un doux rappel que c'était désormais la fin du mois de mars.
Като меко напомняне, че вече е краят на март.
Les trois locataires sortirent alors eux aussi de leur chambre.
Тримата наематели също излязоха от стаята си.
Ils cherchèrent leur petit-déjeuner avec étonnement.
Те се огледаха с удивление за закуската си.
Le petit-déjeuner a été oublié à cause de ce que la femme de chambre a trouvé.
Закуската беше забравена заради това, което прислужницата откри.
« Où est le petit-déjeuner ? » grommela l'homme du milieu.
„Къде е закуската?“, измърмори средният господин.
La bonne porta son doigt à sa bouche pour demander le silence.
Прислужницата сложи пръст на устата си, за да нареди тишина.
Et elle salua les messieurs d'un geste rapide et silencieux.
И тя припряно и мълчаливо махна на господата.
La servante fit entrer les trois messieurs dans la pièce.
Прислужницата въведе тримата господа в стаята.

Et elle a continué à leur expliquer ce qui s'était passé.

И тя продължи да им обяснява какво се е случило.

Et les trois messieurs se tinrent autour du corps de Gregor.

И тримата господа стояха около трупа на Грегор.

Les mains dans les poches, ils baissèrent les yeux.

С ръце в джобовете си те гледаха надолу.

La lumière du matin inondait désormais complètement la pièce.

Сутрешната светлина вече беше напълно обляла стаята.

La porte de la chambre s'ouvrit alors et M. Samsa apparut.

Тогава вратата на спалнята се отвори и се появи господин Замза.

D'un côté se trouvait sa femme, et de l'autre sa fille.

От едната страна беше жена му, а от другата дъщеря му.

M. Samsa portait déjà son uniforme.

Господин Замза вече носеше униформата си.

On pouvait voir qu'ils avaient tous un peu pleuré.

Можеше да се види, че всички бяха поплакали малко.

Grete pressa son visage contre le bras de son père.

Грете притисна лице към ръката на баща си.

« Quittez mon appartement immédiatement ! » ordonna M. Samsa.

„Напуснете апартамента ми незабавно!“, заповяда господин Замза.

Et il désigna la porte sans laisser partir les femmes.

И той посочи вратата, без да пуска жените.

« Que voulez-vous dire ? » demanda l'intermédiaire, déconcerté.

„Какво имаш предвид?“ попита смутен средният мъж.

Et il fit de son mieux pour sourire gentiment à M. Samsa.

И той направи всичко възможно да се усмихне сладко на господин Самса.

Les deux autres tenaient leurs mains derrière leur dos.

Другите двама държаха ръцете си зад гърба си.

Et ils se frottèrent les mains d'impatience.

И те потриха ръце в очакване.

Ils semblaient s'attendre à une violente dispute.

Изглеждаха сякаш очакваха да има шумна кавга.

Mais ils semblaient se réjouir de la dispute à venir.

Но те изглеждаха доволни от предстоящия спор.

Ils pensaient que le litige tournerait à leur avantage.

Те си мислеха, че спорът ще бъде в тяхна полза.

« Je maintiens exactement ce que je viens de dire », a répondu M. Samsa.

„Имам предвид точно това, което току-що казах", отвърна господин Замза.

Il marchait en ligne droite avec ses deux compagnons.

Той вървеше по права линия с двамата си спътници.

Et M. Samsa s'est adressé directement à leur responsable.

И г-н Замза се обърна директно към водещия им господин.

Le monsieur resta d'abord immobile, le regard fixé au sol.

Господинът първо застана неподвижно, гледайки към земята.

Le contenu de sa tête était encore en train de se réorganiser.

Съдържанието на главата му все още се подреждаше.

« Très bien, nous y allons », dit-il en levant les yeux vers M. Samsa.

— Добре, ще тръгваме — каза той и погледна към господин Замза.

Une nouvelle humilité semblait l'avoir soudainement envahi.

Сякаш внезапно го обзе ново смирение.

Et il semblait demander la permission pour cette décision.

И сякаш искаше разрешение за това решение.

M. Samsa ouvrit grand les yeux et hocha légèrement la tête.

Господин Замза широко отвори очи и кимна леко.

Les messieurs obéirent immédiatement à son ordre.

Господата веднага се съобразиха с неговата заповед.

Et ils ont effectivement fait de longues enjambées dans le couloir.

И те действително направиха дълги крачки в коридора.

Ses amis avaient déjà cessé de se frotter les mains.

Приятелите му вече бяха спрели да си търкат ръце.

Ils avaient écouté le déroulement de la conversation.

Те слушаха как протича разговорът.

Et maintenant, ils couraient après lui, comme pris de peur.

И сега те тичаха след него, сякаш от страх.

M. Samsa pourrait encore les isoler de leur chef.

Г-н Самса все още може да ги изолира от техния лидер.

Ils ont sorti leurs bâtons du récipient.

Те извадиха пръчките си от контейнера за пръчки.

Et ils s'inclinèrent en silence avant de quitter l'appartement.

И те се поклониха мълчаливо, преди да напуснат апартамента.

M. Samsa et les deux femmes sortirent sur le parvis.

Господин Замза и двете жени излязоха от предния двор.

Mais en réalité, ils n'avaient aucune raison de se méfier de ces hommes.

Но всъщност те нямаха причина да не се доверяват на мъжете.

Ils s'appuyèrent sur la rambarde pour vérifier s'ils étaient partis.

Те се облегнаха на парапета, за да проверят дали са си тръгнали.

Les trois messieurs descendaient effectivement les escaliers.

Тримата господа наистина слизаха по стълбите.

Ils disparurent dans un virage de l'escalier.

В един завой на стълбището те изчезнаха.

Puis l'escalier les ramena à la vue.

И тогава стълбището ги върна в полезрението.

Ce phénomène d'apparition et de disparition se répétait à chaque étage.

Това появяване и изчезване се повтаряше на всеки етаж.

Mais finalement, ils étaient presque arrivés au fond.

Но в крайна сметка почти бяха стигнали до дъното.

Plus ils avançaient, moins ils étaient intéressants.

Колкото по-далеч отиваха, толкова по-безинтересни ставаха.

Tout le monde est rentré à la maison, comme soulagé.

Всички се върнаха обратно вкъщи, сякаш облекчени.

Ils décidèrent de profiter de la journée pour se reposer et aller se promener.

Те решиха да използват деня, за да си починат и да се разходят.

Ils estimaient avoir mérité cette pause dans leur travail.

Те чувстваха, че са заслужили тази почивка от работата си.

Non seulement ils méritaient cette pause, mais ils en avaient besoin.

Те не само заслужаваха тази почивка, но и се нуждаеха от нея.

Ils s'assirent à table pour écrire des lettres d'excuses.

Те седнаха на масата, за да напишат писма с извинения.

M. Samsa a adressé une lettre d'excuses à sa direction.

Г-н Самса написа писмото си с извинение до ръководството си.

Mme Samsa a écrit sa lettre d'excuses à ses clients.

Г-жа Самса написа писмото си с извинение до клиентите си.

Et Grete a écrit sa lettre d'excuses à son directeur.

И Грете написа писмото си с извинение до директора си.

Pendant qu'ils écrivaient tous, la bonne entra dans la pièce.

Докато всички пишеха, прислужницата влезе в стаята.

Son travail du matin était terminé, elle rentrait donc chez elle.

Сутрешната ѝ работа беше приключила, така че се прибираше вкъщи.

Les trois écrivains hochèrent d'abord la tête, sans lever les yeux.

Тримата писатели първоначално кимнаха, без да вдигат поглед.

Mais la bonne ne semblait pas encore vouloir partir.

Но прислужницата сякаш още не искаше да си тръгва.

Elle attendit un peu, jusqu'à ce que les trois écrivains lèvent les yeux.

Тя изчака малко, докато тримата писатели вдигнат погледи.

« Eh bien ? » demanda M. Samsa, en colère, comme l'étaient les autres.

„Е?" попита господин Замза, ядосан, както и останалите.

La bonne se tenait sur le seuil, un sourire aux lèvres.

Прислужницата стоеше на вратата с усмивка на лице.

Elle donnait l'impression d'avoir de bonnes nouvelles à annoncer.

Тя създаваше впечатление, че има добри новини за съобщаване.

Mais elle n'allait pas partager la nouvelle à moins qu'on ne le lui demande.

Но тя нямаше да сподели новината, освен ако не я помолят.

La plume d'autruche dressée sur son chapeau oscillait légèrement.

Изправеното щраусово перо на шапката й леко се поклащаше.

Cette plume d'autruche avait toujours agacé M. Samsa.

Това щраусово перо винаги е дразнело господин Замза.

« Alors, que voulez-vous ? » demanda Mme Samsa, d'un ton ferme.

„И така, какво искате тогава?" попита твърдо госпожа Замза.

La bonne avait encore beaucoup de respect pour Mme Samsa.

Прислужницата все още изпитваше голямо уважение към госпожа Замза.

« Oui », répondit-elle, et elle éclata d'un rire amical.

„Да", отговори тя и избухна в приятелски смях.

Un instant, son rire l'empêcha de parler.

За миг смехът й я спря да говори.

« Tu n'as pas à t'inquiéter pour ce qui se passe chez le voisin. »

„Не е нужно да се тревожиш за онова нещо в съседство."

« J'ai déjà prévu comment nous allons nous en débarrasser. »

„Вече уредих как ще се отървем от него."

Mme Samsa et Grete continuèrent à écrire leurs lettres.

Госпожа Замза и Грете продължиха да пишат писмата си.
**Mais M. Samsa remarqua que la bonne n'avait pas encore
terminé.**
Но господин Замза забеляза, че прислужницата още не е
приключила.
Elle voulait maintenant tout décrire plus en détail.
Сега тя искаше да опише всичко по-подробно.
Mais il tendit la main pour repousser ses avances.
Но той протегна ръка, за да отхвърли усилията ѝ.
**Elle s'est rendu compte qu'ils n'étaient pas intéressés par ses
projets.**
Тя осъзна, че те не се интересуват от нейните планове.
**Et puis elle se souvint de la grande précipitation dans
laquelle elle avait été.**
И тогава тя си спомни колко много бързаше.
« Ciao alors », dit-elle, insultée par ce manque d'intérêt.
— Чао тогава — каза тя, обидена от липсата на интерес.
Mais avant de partir, elle a claqué la porte très fort.
Но преди да си тръгне, тя затръшна вратата ужасно силно.
« Elle sera licenciée ce soir », a déclaré M. Samsa.
„Ще бъде уволнена довечера“, каза господин Самса.
**Mais sa femme et sa fille étaient trop occupées pour lui
répondre.**
Но жена му и дъщеря му бяха твърде заети, за да му
отговорят.
**Parce que la bonne avait troublé leur paix nouvellement
acquise.**
Защото прислужницата беше нарушила новоспечеленото
им спокойствие.
La mère et la fille se levèrent pour aller à la fenêtre.
Майката и дъщерята станаха, за да отидат до прозореца.
Et, enlacés, ils restèrent là.
И прегърнати един друг, те останаха там.
M. Samsa se tourna sur sa chaise pour les regarder.
Господин Замза се завъртя на стола си, за да ги погледне.
**Et pendant un moment, il les observa en silence, immobiles
là.**

И известно време той ги наблюдаваше тихо как стоят там.

Finalement, il leur cria : « Viendrez-vous à moi ? »

Накрая той им извика: „Ще дойдете ли при мен?"

«Oublions tout ça, d'accord ?»

„Хайде да забравим за всички тези стари неща, нали?"

«Viens à moi et accorde-moi un peu d'attention.»

„Ела при мен и ми отдели малко внимание."

Les deux femmes firent ce qu'il leur avait dit et se précipitèrent vers lui.

Двете жени направиха както му каза и се втурнаха към него.

Ils lui ont fait une accolade affectueuse et l'ont embrassé.

Те го прегърнаха нежно и го целунаха.

Ils retournèrent rapidement pour terminer la rédaction de leurs lettres.

Те бързо се върнаха, за да довършат писмата си.

Puis, tous les trois, ils quittèrent l'appartement ensemble.

След това и тримата напуснаха апартамента заедно.

Ils n'étaient pas sortis ensemble depuis des mois.

Не бяха излизали заедно от къщи от месеци.

Et ils prirent le tramway jusqu'à la périphérie de la ville.

И те взеха трамвая до покрайнините на града.

Ils avaient toute la rame du tramway pour eux seuls.

Целият вагон на трамвая беше само за тях.

La lumière du soleil inondait la pièce par la fenêtre.

Слънчевата светлина нахлуваше през прозореца отвън.

La famille se cala confortablement dans ses sièges.

Семейството се облегна удобно на столовете си.

Et ils ont discuté de leurs perspectives d'avenir.

И те обсъдиха перспективите за бъдещето си.

À y regarder de plus près, leurs perspectives n'étaient pas mauvaises.

При по-внимателен поглед перспективите им не бяха лоши.

Tous les trois occupaient des emplois qui leur permettraient de gagner davantage.

И тримата имаха работа с потенциал да печелят повече.

Ils ne s'étaient jamais interrogés l'un sur l'autre concernant leur travail.

Те никога не се бяха питали един друг за работата си.

Mais maintenant, ils avaient enfin le temps de discuter de ces choses-là.

Но сега най-накрая имаха време да обсъждат подобни неща.

Ils avaient également la possibilité de déménager dans un appartement plus petit.

Те също имаха възможност да се преместят в по-малък апартамент.

Cela aurait le plus grand impact sur leur vie.

Това би имало най-голямо влияние върху живота им.

Leur appartement actuel avait été choisi par Gregor.

Настоящият им апартамент беше избран от Грегор.

Mais maintenant, ils pourraient déménager dans un endroit plus abordable.

Но сега те биха могли да се преместят някъде на по-достъпно място.

Un appartement plus petit, mais dans un endroit plus pratique.

По-малък апартамент, но на по-практично място.

Parler de l'avenir a redonné vie à Grete.

Разговорите за бъдещето отново оживиха Грете.

Monsieur et Madame Samsa ont également remarqué d'autres changements chez elle.

Г-н и г-жа Самса забелязаха и други промени в нея.

Ses joues étaient devenues pâles à cause de tous ses soucis.

Бузите ѝ бяха пребледнели от всичките ѝ тревоги.

Mais à présent, leur fille s'épanouissait et devenait une femme remarquable.

Но сега дъщеря им разцъфтяваше и се превръщаше в прекрасна дама.

C'était vraiment une belle et jolie jeune femme, maintenant.

Тя наистина беше добре сложена и изящна млада жена сега.

Ses parents se turent et admirèrent leur fille.

Родителите й замълчаха и се възхитиха на дъщеря си.
Ils échangèrent un regard, communiquant inconsciemment.
Те се спогледаха, общувайки несъзнателно.
« Il sera bientôt temps de lui trouver un homme bien. »
„Скоро ще дойде време да си намери добър мъж за нея."
Le tramway était arrivé à destination et avait ralenti.
Трамваят беше стигнал до крайната си точка и намали скоростта.
Leur fille semblait confirmer leurs nouveaux rêves.
Дъщеря им сякаш потвърждаваше новите им мечти.
Elle fut la première à se lever et à étirer son jeune corps.
Тя първа се изправи и разтегна младото си тяло.